# 末日練習

廖偉棠短篇小說集

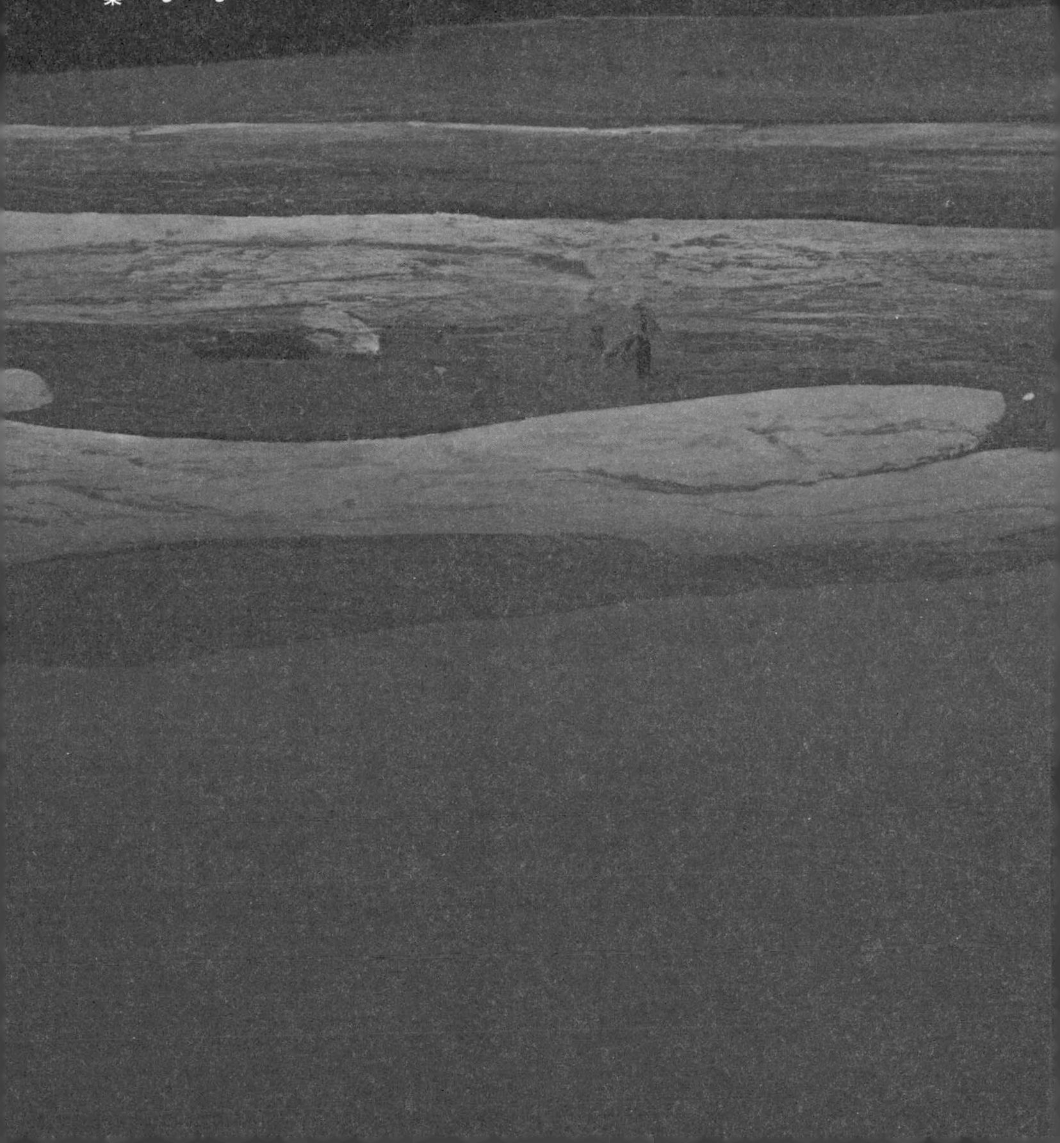

一自華年失所歸，青山無復鷓鴣飛。
早知夢裡空啼笑，等識人間漫是非。
——徐梵澄《夢中得二句不甚可解因續成篇》

# 目次

【推薦序】

# 「後來」的香港故事

王德威（中央研究院院士）

「這是時代的失眠症把我魘著了，可是我喜歡這種驚醒，不斷驚醒。」

廖偉棠是香港中堅世代最出色的詩人之一。他的詩帶有濃郁現代主義色彩但又不為所囿，古典的隱喻、時代的喧譁並存於字裡行間，詠物抒情之外從來不乏歷史興歎。廖偉棠行有餘力，也有不少散文甚至攝影集問世，至於小說則是淺嘗輒止。《末日練習》是他繼二〇〇四年《十八條小巷的戰爭遊戲》後再度推出的短篇小說集，集結二〇〇五年至近期的創作十六篇。小說構思奇詭，形式多變，其實很難歸類，廖偉棠以詩人之筆敘述故事，果然別具一格。

《末日練習》講述了什麼樣的故事呢？地球人類遇見遮天蓋地、體積大到有如墨西哥般的外星人，日軍占領香港、薄扶林女妖前來報喪；清末民初北京城內出現了神祕女刺客，海內外詩人互相傳述彼此的神奇遭遇；民國人魚公子變化莫測，西藏靈童傳奇轉世；世界末日即將降臨，核爆已經摧毀香港，天下大亂，黃色的救生筏航向星際以外……。廖偉棠出入科幻和玄妙之間，串聯其間的創傷、暴亂、不義，彷彿一場又一場的噩夢，不斷驚醒他。但他卻寫道，「可是我喜歡這種驚醒，不斷驚醒。」

在稍早創作的〈魚公子〉和〈餓火——或：跳泰山的人〉裡，廖偉棠鋪陳民國傳奇，注入神祕氛圍，筆法精緻，不免令人聯想何其芳（1912-1977）《畫夢錄》（1936）裡那些似詩歌似散文的小品，唯美耽溺，迷離而妖嬈。但之後他的風格逐漸改變；脫去筆記小說的趣味，從歷史、科幻、宗教、甚至電影動漫（《銀河鐵道９９９》）中找尋靈感，故事越發多元，但他熱衷那種似幻似真的趣味仍然不變。

這樣的風格當然和他作為詩人的特色有關。超越傳統敘事起承轉合的邏輯，他自覺在小說裡融入大量詩歌元素。何其芳以外，〈薄扶林的報喪女妖〉裡的戴先生顯然意指戴望舒（1905-1950），〈將軍的頭〉典出施蟄存（1905-2003）的名作，內容則折射穆旦（1918-1977）的生命歷程——尤其是滇緬戰爭經驗——展開。廖偉棠也指涉俄國的流亡詩人布羅斯基（Joseph Brodsky, 1940-1996），流放詩人曼德爾施塔姆（Osip Mandelstam, 1891-1938），奧地利的里爾克（Rainer Maria Rilke, 1875-1926），法國（猶太裔）的策蘭（Paul Celan, 1920-1970），還有巴勒斯坦等「小文學」詩人。他甚至從ＡＩ生成或轉譯詩歌，用為情節的接駁。

如果敘事——尤其是標榜現實主義的敘事——反映或辯證現實合理性或合法性，廖偉棠則以詩的隱喻能量探觸文字的極限；詩無中生有，從而打開現實所加諸敘事的鎖鏈。因此，他那些天馬行空的情節人物並不僅止於炫耀詩人想像的無所不能，更不是後現代式的虛晃一招。他將小說集命名為《末日練習》，顯然意有所指。末日意味時間的盡頭，歷史終結，文明崩裂，所有人間意義就此煙消雲散。但末日的「練習」何所指？是預知死亡紀事，或是輪迴度脫，或是弗洛依德所謂「fort-da」失而復得的孩童遊戲，或是文學根本的弔詭——表達那絕對意義，無論是真理或其毀滅，的不可表達性？

小說集充滿各種有關終末的情境，從核武毀滅到革命覆亡，從飛來橫禍到宿命情殤。但「末日」藏在更深的線索裡？細讀廖偉棠的作品，不難發現其中有一個反覆出現的「刺點」（punctum），隱隱約約暗示「末日」或許不在未來，而是無所不在。不願或不該發生的其實已經發生過了，或那即將發生的剎那其實已成過去。「末日練習」不是未雨綢繆，而是重複悼亡傷逝，預言幽靈的復返，就像〈問君何所之——或：巨人傳〉中那個據說永遠漂遊的外星人，其實已經死過一次；或〈末日練習〉裡的靈童，轉世之前已經和魔鬼大戰三百回合。

這個「刺點」名為香港。值得深思的是，《末日練習》以香港為主題的作品其實很少。〈薄扶林的報喪女妖〉是其中之一，描述一九四一年底日軍占領香港後「三年零八個月」的境況。多數作品僅在有意無意時，「點」到香港一鱗半爪。然而這點到為止的筆法貌似輕描淡寫，卻讓有心的讀者彷彿被刺中要害，隱隱作痛。〈問君何所之——或：巨人傳〉中的外星人講粵語；〈似是故人來〉中一位母親與巴勒斯坦少年在Beyond（黃家駒）的歌聲中，坐著黃色救生筏飛向天外，〈後來，你有沒有去過桑頂寺〉中老去的西藏小說家曾有過一段香港歲月無從聞問。而〈劫獄前夕〉中的敘事者這樣回顧著，「於是一百三十六年前一場失敗的革命就呼應了三十多年前香港那一場革命。MARCUS以一個小說家的獨立性提出自己的暗示：成功與失敗的分野在哪裡？辛亥革命是孫中山和同盟會完成的嗎？那些淹沒在歷史主流敘述之外的人，她們的成功與失敗又是什麼？」

浮沉在時間的洪流裡，廖偉棠寫的不是香港的過去與未來。他寫的是香港的「原來」與「後來」。該發生的不該發生的都已經發生，因緣俱分進化。在更廣袤的劫毀裡，香港後來怎麼了？當大敘事頭頭是道的描寫香港未來時，廖偉棠暗示香港的後來說不清，也不必說得清。

香港是以一種念想，一句偈語，一個風暴兵的姿勢，一則外星人的訊號，紛然散落在看似非關香港的字裡行間。業力化為願力：「文字的宿命不是只有記憶與真理的捍衛，文字本身會生成歷史以外的另一歷史。」張愛玲所謂「時代的列車」興興轟轟的往前開著，廖偉棠告訴我們，開著開著，列車脫了軌，飛向銀河鐵道，詩的星空。

《末日練習》以徐梵澄（1909-2000）的禪詩作為開篇按語：

一自華年失所歸，青山無復鷓鴣飛。
早知夢裡空啼笑，等識人間漫是非。

徐梵澄曾為魯迅弟子，卻深有佛緣，是一代古印度學及佛教史大家。他曾旅居印度三十三年，文革後回歸中國。殘陽如血，唯梵心是問。廖偉棠以他的詩作為開篇，自然有其道理。

但廖偉棠所流露的情懷更讓我們聯想新儒學大師唐君毅（1909-1978）讀《水滸傳》的心得。唐君毅談水滸好漢從驚天動地到寂天寞地，「不思前、不想後」，亢自迎向宿命，不禁感歎，哀樂之來若無端，而其去又不能止，無跡而不知所在，此真人間之至悲。

唐又陡然轉向歷史語境：《水滸》初成於元代：「元之時代，乃中國文化精神上不能通於政治，下不能顯為教化，而如夢如煙，以稀疏四散於文人，書家，畫家，及僧道之心靈中之時代也。此時代中人，皆有悲涼之感焉，唯如煙雲之繚繞，而歸於沖淡。倪雲林之畫與《水滸》，乃表現同一精神境界。」（《中國文化之精神》）

唐君毅的《水滸》點評寫於一九五〇年代初，其時他剛剛逃離大陸，托身香港。

七十年後由香港避居台灣的詩人廖偉棠以《末日練習》寫出另一則「後來」的故事，如夢如煙，不知所以。廖偉棠或許無從應和唐君毅所見的文學精神世界，但兩人皆以香港為喻，引譬連累，秘響旁通，庶幾近之？

【推薦序】

# 以秒抹去之前，砂畫壇城

高翊峰（作家）

《末日練習》讓我再一次探勘了文字詩意之於短篇小說敘事的可能性。

這期間，每讀一篇故事，都像似親手滾動了一個轉經筒。一次一圈無聲咒言，遇上逆時的風，便將經輪上的真言，吹拂成可解也無須解的籤詩。字字句句。閱讀時，我不時閃現念頭——是什麼樣的嚴厲現實，以及如何扭曲的外部世界，迫使一位詩人小說家，走入離散的哀戚？

以下，我試著度量這個提問。

作者最近一次經驗離散，我私自推測，是從香港移居到臺灣。港臺兩地，緯度相近，只是臺灣的經度更靠東邊些許。在這趟東移遷徙之後，作者以寫，展開了今日種種與明日種種之間的隱喻。

時輪有三，今日、明日，以及昨日。三時，皆是活時迷界，於此初讀時，我留意到這短篇集中收錄的故事完稿日，從二〇〇五年流光似水漫溢至二〇二三年，如此十八年，如此數字謎語，是來自過去的喻示，召喚我對《十八條小巷的戰爭遊戲》（寶瓶文化）再生縹緲與虛無——他方的戰事，一直都只存於紙上。我不知，那些成人們，是否在不遠的遠方，發生真實戰爭了？但學校裡的孩童們，以跑動之姿推動著戰爭遊戲，未曾揮動白旗休止。眾多的他們，在那巷弄太多太複雜的島與半島上，究竟窺見了哪些敵人？然而，跑在前方的敵人，已經在巷口轉角消失匿跡……不，在催淚的辣椒素硝煙之中，在震耳裂眼的橡膠子彈火網下，第一位消失的人，實是一個集合稱謂的我——平凡的眾者。我忍不著多想，十八年後在三時迷界的十八條小巷裡消失的，究竟是哪一個，作者我？

我為此感覺哀戚，如此層疊的故事，也在隨風拂面時，沾染有淚。

依憑時光的證詞鮮明，於此可以臆測，《末日練習》這部短篇小說集是對文字落於明日、今日與昨日的語境挖掘，試圖以凝視逼近，語言，那些足以抵達的——由鬼魂吟唱的詩歌，以及出聲再見之後依舊持續聆聽見的反抗吶喊。

我常以為，詩人寫的詩，即便只是一個詞彙，也藏了一則故事。但，些許人都掩面不看那樣的詞彙，不願相信詞彙輕輕一碰就碎。或許吧，故事本該如此命運。書寫也本該如此，因為只有詞彙碎了，才會裂成更細緻的詞彙。割捨了閱讀的人，最深的原罪不是輕忽了閱讀，而是輕忽那輕輕一碰碎後落於地面的更多詞彙。整本短篇集，標示為十六篇、實是包藏了更多的故事。我讀，生出這樣濃濃感知——從一個類如詩的字，跳入另一個詩的字，從一個等同故事的詞彙，墜入另一個故事詞彙，爾後閱讀觸及的「末日練習」，令我成了持續甦醒著行走的夢遊者。

接續前述：詩／詞彙／故事的脈絡。

我魯莽發現，作者可能「以詩後設了小說、以小說後設了詩。」抑或者，我應該以「戲仿」的姿態，作為更深一層的回應——作者可能「以詩戲仿了小說、以小說戲仿了詩。」這些戲仿，形式上穿引歷史、古典、科幻、奇幻、寫實、魔幻。作者逐篇如俄羅斯娃娃套用，多重的後設，在不同的時輪所在地，以詞彙向這個時代吹拂文字風暴，試圖洗滌一切似罪與無惡。

全書可能略分三輯交織，時以為是詩，又於驚嘆時刻，引我遁入小說。是詩吧，是詞彙的反動吧，抑或是真真切切的小說吧，是一次故事轉動讀咒一遍的轉經輪吧。過去，我少有這種斷裂爾後合十悼念的錯置讀後感。我返回思索，《末日練習》的企圖是虛構，是短篇，是小說，但得以讀詩的打拍節奏，一篇篇，那樣斷行、落句、標點，再繞行銜接。

這般詩意，使敘事彼此沾黏。另一黏著劑，我留意到可能是故事地景，那所在的——香港、廣東、上海、雲南、拉薩、奈良等等，這些足以讓離散的角色們暫且依偎的他鄉，可以視為一趟橫越了十八年的寫者移動史。

處處都是生之境地，我被許多躲藏敘事的溫柔感動，但沒有多餘的耽溺，更多是感時的喟嘆。在作者筆中，時代不只是用來舊憶緬懷的精巧設計，我也發現，諸多短篇是為了「此時困境」進行堅實的測量。那執著有如無盡浪，彷彿作者決意為這類離散者哼自己的最後歌聲。我想，閱讀這系列的短篇，可以先擱置篇末標示的寫成年份，但這不意味完稿時序的無意義。時光躊躇，最令我流連的是——寫者在不短的漫長時光期間，以短篇的方式持續觸摸反抗者的處境，實也是作者撫慰自身無法脫困的處境。

於是，寫者效法僧者，伏地畫砂，以細細詞彙字句，堆砌彩粉曼陀羅。

若有人也以讀走渡三界，那在《末日練習》這短篇集的中段，必然會神遊藏區，在魔幻高原發現人性情愛。我走渡其中，意識到作者在這十八年間可能靜靜地獨自進行著壇城砂畫。

以詩織字確實似砂，萬象在細粒之中慢於時堆砌——我一直以為，小說也僅能如此。紅、藍、黃、綠、白與黑，諸色神佛為人敘事，最終描繪出小說世界。只不過，不論費時數日數月數年，小說僧者總是一人畫砂。寫者亦是，一手手持錐形容器，另一手以細鎚法器輕敲細擊，讓繁花砂粒流溢到紙面。幾何法度有界結構，諸色規範情節，肉層生現角色人形，無數砂，無數字，終在時輪之間修法壇城，卻在幾秒之間，手足輕輕一抹，故事再次坍倒消解，一切圓寂為空。寫至此，《末日練習》成為砂畫之城，以秒抹去之前，那些留駐三界的短篇故事，這時也已經是時輪的隱喻。

# 問君何所之——或：巨人傳

這無疑是地球人類史上接觸過的最大生物，比漫生於森林與地底近十平方公里的奧氏蜜環菌還要大一萬倍以上。

二〇三一年八月二十二日，是普通光學天文望遠鏡發現他向我們飄來的紀念日，第二天，他已經成為肉眼可見的移動點。

一開始我們以為他和一頭恐龍差不多，一瞬間他似乎變成了航空母艦，最後他變成墨西哥，橫亙在全世界面前——

在全世界人都以為自己在做惡夢的時候，美國總統和其他擁有核武器的大佬們的手指在發射鍵上方顫抖猶豫著的時候，這個龐然大物似乎啟動了某種裝置，用了一秒鐘不到就煞停在距離地球一萬公里外。

這個停靠點不錯，就在月球和地球之間空檔的三十分之一處，離地球較近。緊急煞停時他正好面對太平洋中央，引起了輕微的海嘯，據報損失僅僅是幾個小島的幾間小屋，人員竟然全無傷亡。

不過，那個時候也沒有媒體關注個別地球人了，因為這個外星人——姑且稱之為K吧，日後他自稱為Karashzkska，我不記得我的命名與他的自稱孰先孰後——此刻纖毫畢現地向我們展示他的每一個毛孔。

發現他和我們一樣有毛孔讓我們稍微安心了一點，我們深呼吸一口氣抬頭觀看他的全貌：原來也是個地球人型態的生物，雖然穿著泳衣般的飛行服，仍然能看出是一個健美的人形，甚至比一般的游泳健將稍微修長一些，接近九頭身的比例。日本的媒體打了個比方，說他好像上個世紀八十年代某些科幻漫畫裡的「美形惡役[1]」。

也許是這種美轉移了我們的恐懼，我們忘記了在第一時間判斷他的善惡。儘管我們在過去的一百多年多次通過科學推演和科幻作品虛擬過上萬次「第三類接觸」時我們應該做什麼、不做什麼，但當「大事」發生的時候，我們才知道人類是如此不可救藥的浪漫動物，只顧著感性地去欣賞這一奇觀。

一切似乎都在他的精心計算中，他煞停、他慢慢舒展四肢、他闔上雙眼靜靜懸浮在地球的同步軌道上，像一個畸形的衛星（或優美的幻象）。他靜止不動了差不多十個小時，以至於我們無法判斷他的生死。他的靜止是如此徹底，而他裸露的頭部上面沒有任何毛髮，鼻孔周圍一片「光滑」，我們看不出來他有沒有呼吸。

他俊美嗎？這點各個民族各個年齡段的地球人眾說紛紜，他或多或少比較符合青少年們的審美：中性、乾淨、頎長。關鍵是他的表情，用我導師常愛說的，他中學時流行的符號學家羅蘭巴特的一個詞形容，就是「近乎微笑」。

1 注：日本動漫裡外型俊美的反派角色。

當然，有一些華裔的老科學家反對我這種西式比喻，他們說那是一百年前一個中國和尚詩人遺言說的——「悲欣交集」。

這十個小時的靜止，除了讓地球傳媒和文人盡了意淫能事（據說全球發表了四百多萬首詩和八十億個IG動態，推特與微信更是不勝數），也讓我們科學界、尤其是專門研究地外文明的百餘個專家迅速召開了視訊會議商討對策，我是被我老態龍鍾的導師舉薦參與的，雖然其他那些專家也都聽說過我甚至在互聯網的一角看過我未能正式發表的論文，但我現在畢竟是一個補習班老師而已。

原本我們以為各國政府會強勢介入並且爭奪發言與行動指揮權的，結果他們也被嚇懵了，僅僅派出觀察員和外交人員列席我們的會議，事後我們發現後者的能言善辯和裝腔作勢對談判一點幫助也沒有。

會議只用了三個小時，我們就離開電腦趕往軍事機場，緊急飛往美國NASA總部。據說那邊已經預熱一套穿梭機，為可能要前往「登陸」巨人身體做準備。

我遲了十分鐘到達機場，差點趕不上飛機。要出門的時候，馬科斯緊緊地抱住我，雪兒怎樣也沒辦法把他扯開，直到我答應他我一定會安全回家，並且帶回跟外星人的合照給他。這次外星人事件肯定對馬科斯的校園社交大有幫助，因為這之前他是整個小學裡唯一還相信外星人存在的孩子，就憑他爸爸的職業對他的保證，他忍受了許多從來不抬頭看天空的男孩女孩的譏諷。

比如說講他長得像外星人，雖然馬科斯清秀得像個女孩子。他遭受這種語言霸凌的時候，他顯得毫不在意，還故意把頭髮弄得亂七八糟，做出鬥雞眼瞪著那些同學，說：什麼長得像外星人？我就是外星人！

雪兒倒沒說什麼，她也許覺得這個外星人是每個厭倦了地球的地球人以集體意念力創造出來的呢，她是個小說家——一個專注於近代移民家庭的情感糾葛史的現實主義小說家。她甚至認為K的這個命名是我的意淫，畢竟我唯一讀過的現代小說家是卡夫卡。我在登機前給她打電話，一直忙線。

到達NASA總部時，四處燈火通明，彷彿又恢復了他們在星際大戰時代的盛況。興奮而不知所以的美國科學家告知我們，他們已經確定外星人依然活著，他們通過太空站的射電探測器偵測到他身上微弱的熱量變化。夠微弱的，一個比地球人大上億倍的生命體，體表溫度只有十攝氏度上下，近乎死物。

在我們踏入觀測站的一刻，一片騷動，不是因為我們的來臨，而是美國人剛剛觀察到外星人出現了R.E.M.現象——rapid eye movement，快速動眼期。

換言之，外星人在做夢。壓根不用測試他的腦電波，我們肉眼就看見他的眼球在眼皮下滾動，宛如巨大的沙丘移動，緩起、洶湧然後平息。外星人夢見了什麼？我想了一會，但沒有說出來跟與會者討論，他們肯定會覺得我這個問題很幼稚。

外星人夢見了什麼？

日後我也沒有問他這個問題，所以我永遠不會知道外星人的最後一個夢是關於什麼的，會有他的母星、故鄉嗎？會有他的母親、情人或者亡友的鬼魂出現嗎？這些沉甸甸地壓著地球人的夢，會怎樣驅馳在這個比我們大千萬倍的海馬體周圍呢？這個夢激起的腦電波足以獵殺所有意圖靠近、打擾他做夢的我們吧？

諷刺的是，外星人醒來的時候，我們進入了睡眠。

不是所有地球人，僅僅是地外文明科學家當中的語言溝通研究小組的幾位——包括我。我們這個臨時組建的非正式小組，被視為全世界最不靠譜的科研小組，比中國南方某個教授領導的唐朝語音讀詩研究小組還要好笑，我們都沒法證明自己研究的語言到底有沒有可能存在，甚至理論上都不能證明。所以我說諷刺，外星人來了，說不定能對上話的時候，我們突然同時睡著了。

我更願意說是睡眠，不是昏迷。我記得我先做了一個夢，夢見我像小時候看的漫畫《銀河鐵道999》裡的星野鐵郎，坐在一列穿越隕石群組成的星空隧道的火車裡。

夢裡我知道這列車上有一個大家心照不宣的詛咒：每個人都不能看別人低頭看到的星星——列車的地板是大片的水晶，透析出無涯星空——看了的話列車就會墮落。所以大家都正襟危坐只看對面，但是我看見對面是一個被抱在母親懷裡的嬰兒，他正在低頭看星星，我非常想看他在看的是哪顆，只好搗住自己眼睛，他的眼睛清澈晶瑩，深邃如湖，必然會倒映出他所看的星星的啊……

下一個夢裡，這個嬰兒開口說話了，我便知道，他就是龐大外星人的夢中代言人。

「我估，你心入邊既語言係廣東話？」（我猜，你心裡面的語言是粵語？）隨後，他就用我自從流亡之後十多年沒使用的母語和我交流。我想，日後的科學史會怎麼記載？我們預演了無數次的第三類接觸，創造了不少圖像語言、音樂語言和幻覺語言以備不時之需，結果誰也沒想到外星人會說廣東話。

「我叫做Karashzkska，係無星籍宇宙漫遊者，或者你可以叫我做K啦。」

他的年齡相當於地球人的一萬一千歲，他說他記得曾經在四千年前造訪過地球。「只係漂過啫，我刻意捲成一個球體來同你地星球擦肩而過，費事嚇親你哋祖先。果陣時哋人頭腦簡單好多，你地個大海都靚好多。」（只是漂過而已，我可以捲成一個球體來跟你們星球擦肩而過，免得嚇壞你的祖先。那時的人頭腦簡單很多，你們的大海也漂亮很多。）

不過，此後綿延的對話越來越玄奧和簡約，沒有像上面開場白那麼親切了。我還是把它直接翻譯回書面語，以便你們的研究。

「你有同族人嗎？或者說，在宇宙中，像你這麼龐大的智慧生物多嗎？」

「有鳥焉，其名為鵬，背若泰山，翼若垂天之雲；摶扶搖羊角而上者九萬里。你的祖先莊子早知道答案。」

「你選擇地球作為目的地的原因是什麼？」

「滄浪之水清兮，可以濯吾纓；滄浪之水濁兮，可以濯吾足。」

「你對地球的知識如此熟悉，是早有偵察，還是……」

「直取人心。」

「宇宙長途航行，你不用藉助強大的飛行器嗎？補給怎麼解決？」我決定直接問他技術性問題，否則他都要變成口頭禪和尚了。

「搭順風車，化緣，掛單，沒錯我就是你心中想的假行僧。」

「可是你出現在我們面前的樣子更像是一個佛陀，你這件泳衣一般的宇宙服可以維持你的生命多久？」

「水熊蟲比你們想像的大一億倍，K比你們看到的小一億倍。」

……

後來我索性問他我所記得的普魯斯特問卷中的問題：

「你認為最完美的快樂是怎樣的？」

「在小行星帶上打滾。」

「你最恐懼的是什麼？」

「被一個地球人夢見。」

「你認為自己最偉大的成就是什麼？」

「死過。」

「你自己的哪個特點讓你最覺得痛恨？」

「依然存在可視型態。」

「你最喜歡的旅行是哪一次？」

「永遠都是正在進行的這一次。」

「你最痛恨別人的什麼特點？」

「什麼是痛恨？」

「你最珍惜的財產是什麼？」

「什麼是財產？」

「你認為程度最淺的痛苦是什麼？」

「目睹一個文明被黑洞吞噬。」（我猜他搞錯了淺和深的區別？）

「你對自己的外表哪一點不滿意？」

「長得太像地球人，然後被你們誤當成帥哥，哈哈哈。」

「你最後悔的事情是什麼？」

「四千年前沒有在太平洋游泳。」

「你最傷痛的事是什麼？」

「我曾是那麼多不同的人，但從來不是那個懷抱著倒下的瑪蒂爾德・烏爾巴赫的人
——對不起我只能借用你們的波赫士的詩句[2]來回答。」

「你最看重朋友的什麼特點？」

「沉默。」（我的臉一紅）

「你這一生中最愛的人或東西是什麼？」

「Davvsh，一條龍，我忘記了它是我夢見的還是真實的存在。」

「你希望以什麼樣的方式死去？」

「任何方式，只要能再死一次。」

「何時何地讓你感覺到最快樂？」

「有幾次我進入了六維以上空間。但都比不上有一次我意外窺看了一個二維空間的絢麗圖卷那麼愉悅，怎麼說呢，就像你們看《溪山無盡圖》的一億倍愉悅吧。」

---

2 注：出自〈赫拉克利特的悔恨〉（*Le regret d' Héraclite*）。

「如果你能選擇的話，你希望讓什麼重現？」

「Attack ships on fire of the shoulder of Orion. C-beams glitter in the dark near the Tannhäuser Gate.[3]」

是這最後一答，讓我渴望進入他深邃的內心，據說它內接太空互聯網，是名副其實的萬維網。他讓我想起十年前我在一個同樣說廣東話的詩人的詩集上讀過的一首詩，名為〈晚安，人類〉：

個、十、百、千、萬、億、
兆、京、垓、秭、穰、溝、
澗、正、載、極、恆河沙、
阿僧祇、那由他、
不可思議、
無量大數。

3 注：「獵戶座邊緣著火的戰艦。C光束在湯豪瑟星門附近的黑暗中閃亮著。」出自電影《銀翼殺手》（*Blade Runner*）「雨中淚水獨白」。

萬以下是十進制
萬和億之間為萬進制
萬萬為億
億以後為億進制
億億為兆
億兆為京
億京為垓以此類推到載。
載不動了
晚安二字
從指尖涌入萬維
螢幕頻閃，足矣
我慶幸你是比無量更大的個位

我把這首詩背了出來，嬰兒聽著聽著，近乎微笑，似乎又睡了過去。隨著他的入睡，我感覺自己漸漸變得稀薄、雙腳失重、腎上腺素忽升忽降。我彷彿是銀河列車穿越的碎星隧道裡的其中一顆星之碎屑，瞻望著那列透明的水晶列車翻滾著無聲滑過身邊，我能看見原本地球人狀態的那個我端坐在某一節車廂中。

我西裝革履，穿著社會新鮮人不得不穿的制服但又不甘就範地在頸部露出獨角獸的刺青，在我的公文包裡藏著一個防毒面具，面具裡面裹著一顆狂跳的心臟。

這個我看見另一個我血流披面，徒勞地用折斷的雨傘抵擋著冰雹般落下的警棍，胡椒噴霧像舔噬虛空的日珥一遍一遍灼過我們，我用全身保護著身邊的一個陌生女孩，她的眼淚像極了雪兒在產房時留下的眼淚，我們不知道我們將要生下來一個怎樣的新世界。

旁邊的車廂卻是歡呼的青年們，又一個更年輕的我被他們托起來，身上是紅土混合汗水的棒球隊服，我能感覺他右手尾指骨折的劇痛和前一個我的劇痛是同時存在的。

那邊廂，少年和他的家教老師緊挨著，他高中二年級的時候認識大學一年級的她，他的手掌壓在大腿下，手腕還是不斷碰到她的裙子，和裙子下面的柔軟。她的體態在那個瘦人之城裡算是豐腴的，偏偏她喜歡觀鳥，把鳥的生活寫成童話，作為輔導他寫作文的範文與他看。他們前一天晚上相約去坪洲島，錯過了返程的尾班船，索性在碼頭附近租了民宿說要整晚聽鳥兒唱歌。然後今天回來的時候，他已經熟悉她輕盈細小如鳥的骨架是如何漂浮在豐腴肉體中。

但故事沒有順利地進展下去，雪兒在那個聖誕節與家人移民，她的父親是最早敏感地意識到沒有五十年不變這回事的一個社科學者。九年後，他博士畢業，在海外遊學路上再遇見她，兩人結婚然後回到小島生活，那是另一列火車上的故事。

對面傳來笑聲，另一個車廂裡，眼角輕輕長出了魚尾紋的她，懷抱著的嬰兒是馬科斯。馬科斯出生的時候，他們早已踏上流亡的路，沒想到一個地外文明語言學家也要政治流亡，這是本世紀荒誕的事之一。而同樣荒誕的事還有千千萬萬，不見得比一個墨西哥大小的外星人突然出現在平流層之外更為正常半分。

這個語言學家也是因「言」獲罪的，他沒有寫關於自己的城市淪陷的小說或者詩篇，他的社交媒體帳號早已荒廢，就在言論審查堂而皇之立法之前。但他研究地外文明，其中有一個假說是地球本來是高級外星的殖民地，所以地球語言和宇宙某種母語有相通之處，而且越是瀕臨消亡的小語種，越是可能與宇宙母語關係密切，比如說滿語，比如說已經被禁止在學校使用的粵語……結果，這項研究觸犯了政府的兩個敏感區：殖民地情結和母語意識。

於是在我多次入獄的導師的規勸下，我們舉家逃離。

五歲以前，馬科斯拒絕說話，那個時代出生的孩子很多都拒絕說話。我在流亡的國度找不到科研職位也沒有教職，流亡之地沒有人相信我曾經是香港的地外文明語言學家——漸漸的他們甚至不相信香港發生過迫害學者的事情。

但發生過就是發生過，就像地外文明的存在一樣。我一邊做補習班教師一邊帶著馬科斯到處尋訪合適的語言治療，深夜我才能打開世界各地的同行偷偷和我分享的地外文明遺跡資料，繼續那虛無飄渺的外星語言研究，直到天色初明，照例一無所獲。有時我覺得，馬科斯的沉默是對我研究的「溝通」的一個最大的諷刺。

回溯我的半生……「你也是個巨人」，我似乎聽到K說。不是傳統隱喻意義的那種偉大啦。他說：每個人的點點滴滴孤獨都讓他膨脹，直到充滿夜空。

是他夢見了我們嗎？還是我們夢見了他？如果是前者，他為什麼必須要為地球而生存下去，假如他厭倦了做夢我們就會不存在？他的母星也有政治抗爭和失敗、報復、重光等種種嗎？是什麼讓他在一萬年前走上了無盡漂泊之路……我似乎帶著這些問題再度陷入了昏睡，但也許這些問題都是我後來腦補的，當時我想的只有一個問題：可是，宇宙億萬星宿，你為什麼選擇地球，還選擇了兩次？

當地外文明語言溝通十三人小組同時醒來，原來我們夢見了他，都問了這同一個問題，而且得到了分毫不差的同一個標準答案。

「我累了，這是我飄行最遠最久的一次，路過你們的太陽系的時候，我突然記起這裡有全銀河最美麗的海水，可以讓我到你們的海上游個泳嗎？我還記得上次我坐在愛琴海的時候，尋找海倫的船隊還沒有影子呢，但在投射海面粼粼的一億片月光中，我看到了你們的未來——那些羊毛般瑣碎又栩栩動人的史詩。」

我們確定夢是K跟我們最直接的交流方式，雖然他在不同人的夢裡使用的是不同的語言：意第緒語、愛爾蘭語、緬甸語、滿語……現場的各國代表雖然將信將疑，但也開始就K的要求商討起對策。

這時候，K緩緩張開眼睛。

雖然這是一雙一萬一千歲的眼睛，而且每一個瞳仁都有庫蘇古爾湖那麼大——從我們如此接近的距離看，那就真的像極了春天的庫蘇古爾湖，冰層滲透著蒼藍色，上面布滿了冰塊挪移析分出來的裂紋，許多長達數千尺，衍生出無數分枝旁系，一恍神，好像能看到一隊古代的蒙古人騎著馬踏湖而過……但再細看，這些枝葉或者根鬚上，開始開出一朵朵火焰般的花，花連結叢生，冰層迅速變成火湖，隨著眼簾眨動的巨大天幕開閉，我們驚慄後退，彷彿飛近日冕的天使害怕會被火舌舔走。

K就這樣火熱而寧靜地注視著地球，期待他要的答案。

可以拒絕他嗎？他萬一生氣非要衝進來，我們薄薄的大氣層根本不頂用，穿破的大氣層會馬上引起狂暴的天氣災變。他的落點就算校準為太平洋或者大西洋的中心，激起的海嘯也將吞沒地球沿海至少一半的人類。

啟動核武器先下手為強？傾盡我們所有的原子彈也許真的能毀掉一個南美洲那麼大的生物，前提是他不會像撣蒼蠅——不，吹塵埃一樣把那些原子彈輕輕吹回我們的土地上。

而且，如果K真的被打死了，他的屍體只要稍微撞到地球，我們就會獲得六千六百萬年前那些白堊紀恐龍的命運，到時候高興的只有我們廚房裡的蟑螂。

我的手機響了，是雪兒打來的，我沒有接。雪兒還認為K是我們虛構出來的吧？就像她也懷疑過我和馬科斯都是她的一場夢一樣。夢醒了，她還會在世紀初的南丫島上畫鳥，這個島和那個島、那些島都不會陷入烽火動盪，那場蹂躪日久的瘟疫也不會發生，歲月靜好，羅馬永遠聽不到龐貝傳來的慘叫。

外交家、觀察員和科學家們還在七嘴八舌，語言學家卻都沉默著。我心念一動，也許我可以和K再聊聊？畢竟我也很累了，也很想在海水裡浸泡一會，讓冰涼的鹽和細沙在我的身上營造新的一層盔甲。我們有理解對方的共情。

我心念一動，就聽到一個聲音在我腦中細語：沉默，你忘記了我說我最看重朋友的什麼特點了嗎，沉默。

重如千噸的黑暗，我一生中見過的所有黑暗的總和，在一瞬間把我沒頂淹沒，又嘩啦啦地一瞬間退去。

我被傳送到了K的身上，像一隻跳蚤一樣。

這不是夢，也不是魔法，雖然我連基本的太空服也沒有，但我還活著。K的皮膚表層似乎懸浮著一片十多米厚的氣體，不多不少，它的含氧度和濕度跟西藏高原彷彿。他的皮膚甚至有一點重力，也許因為血液裡含有磁性元素？不多不少，和月球上的重力彷彿。

我成了第一個登陸外星人身上的人，哈哈。而且非常貼心的是，他讓我降落的位置是某個肉身與衣服交界的地方，那就是說如果我厭倦了那些微微呼吸著的洞口一般的毛孔，或者是不想被赤裸的陽光照射的時候，我可以躲進那件厚達十米（對於他的體積而言是超級薄了）的「泳衣」下面，那裡甚至有一些「汗珠」尚未被蒸發。

「別想多了，我不是要你寫《魯賓遜漂流記》。」

「我只是想你來體驗一下，這一萬多年我感受的孤寂。」

「你真的沒有同類嗎？你的母星呢？」

「早已失去聯繫，我也不想在宇宙網路上暴露我的行蹤。」

「我明白了，你想成為一顆不被捕獲的小行星。」

「沒有那麼浪漫啦……」

K依舊像夢囈一樣和我有一搭沒有一搭地說話，說著說著他的聲音越來越微弱，我確信他之前不是說謊，他的確很累了。他的毛孔起伏也越來越輕，我沿著皮膚的「地平線」望去，似乎有隆起的耳朵和鼻子在前方，而看不見那庫蘇古爾湖一般的眼睛是否已經闔上。

他最後說的兩句話，第一句我想地球方面也聽到了，是：「開玩笑而已啦……地球的海這麼淺，還淹不過我的腳面呢，放心吧我不會在你們這兒著陸的……」

第二句說給我聽：「嘿，我唸我冇力送你返屋企啦，你試下聯絡你嘅同胞來接你返去，唔好唔記得帶手信畀你哋屋企人喔……」（嘿，我想我沒有力氣送你回家了，你試一試聯絡你的同胞來接你回去，不要忘記了帶伴手禮給你的家人喔……）

此後便是死寂，這有限空間無限空間混合而來的死寂，教我顫慄。

我不知道K是死了，還是進入了冬眠狀態，畢竟他是老經驗的星際旅行者了。可以確認的是他的皮膚漸漸降低了一點溫度，而我只能撿起他「泳衣」跌落的纖毛做成帳篷取暖。

然後我出發向著K的眼睛的方向跋涉，中途可能要翻越不可能翻越的下巴、顴骨，但我想總有一天我會走到他的庫蘇古爾湖前面，看看湖水是否還在盪漾，折射地球的藍色。那時，會有別的寄生物像我一般在湖畔垂釣嗎？會有蒼鷺掠過長空，告訴我們秋天將至，宇宙將廢，如克里姆林宮嗎？我背誦著我少年時曾默誦的無數詩篇，彷彿那是簡陋的人類文明給我提供的強心劑，這些無知的大能推動著我疲憊的腳步。

失眠。荷馬。繃緊的風帆。
我已把船隻的名單讀到一半：

這長長的一串，這鶴群樣的戰艦
曾幾何時集於埃拉多斯的海邊。

如同鶴形楔子釘進異國的邊界——
國王們頭頂神聖的浪花——
你們駛向何方？阿卡亞的勇士啊，
倘若沒有海倫，一個特洛伊又能如何？

在我精疲力盡暈倒的時候，一列列遠征特洛伊的船隊經過，曼德爾斯塔姆或者荷馬列舉不盡的船名和人名被刺青在我的後背；一隊蒙古騎兵走過，為首的女人身懷六甲，深呼吸之後唱起了關於石頭的八百個名字的長調；一群巨人跳著舞經過，他們的舞姿如流水如閃電，他們身上的溝壑縱橫衍生一個個迷宮，無視虛空中那些沒有道理的引力和愛恨……

醒來時我在醫院。什麼都沒有發生，互聯網乾淨得像一九九〇年代，同行們噤若寒蟬，陰謀論者被捕，雪兒無奈地給我看了精神病院的入院建議書，電視新聞上看見的各國領導人們都不是之前那一批，也不知道什麼時候改選還是革命了。只有天空上的白雲依舊無盡，像是在期待什麼，又像在送別什麼。

補習班已經開除了我，但我找到了送速遞的工作。我接受了這一切，就像我剛剛流亡出來，異鄉沒有人相信我曾遭受迫害那時一樣。馬科斯也是，他依然得面對他的同學們的嘲笑，當他掏出手機給他們看一張超模糊的照片的時候。

我們都記得，有一天我看見地球的自轉似乎停止了一剎那，於是用手機最後一點電，我傳送了我和K的合照給馬科斯。

雖然照片上的K僅僅是一片巨大如山的皮屑，但我和馬科斯都確知，是他。

2021.8.29-9.1.

# 薄扶林的報喪女妖

We're deep in a spell as nightingales tell

—— Jack Lawrence

# 一

「小鬼，你還在這裡?!」戴先生看見我，嚇了一跳。我也嚇了一跳，因為眼前的戴先生削瘦蒼白，像一隻鴕鳥，空有一個高腳七的架子，破舊的西服似乎隨時會從架子上滑落，只有右嘴角微微翹起的苦笑依舊。

戴先生會說法語，唔識講廣東話，所以我們都是用法語溝通。對此我們有所顧慮，雖然這樣一來鄰居和路人都聽不明我們講什麼，但也惹人側目。我已經用報童帽把我這不夠黑的亂髮藏了起來，平日總低垂雙眼，也沒人能看得清我瞳孔裡的一丁點藍色。

不過誰顧得了誰，滿街都是餓到肚打晒鼓[4]的廣東佬、潮州婆，我可能是香港唯一一個沒被關到集中營裡的鬼崽——不，半個。好彩[5]我阿媽琴姐教過我講廣東話，我可以跟

4 注：粵語，「餓得肚子打鼓」。
5 注：「幸運」或「幸好」。

住牛奶公司班細路[6]去偷牛奶，他們說那不是偷，是攞番自己嘢。[7]

也有的是薄扶林村的細路，神出鬼沒，販賣不知從哪裡扒回來的死人衣物，賣不出去的就拿去當舖典當，換來一兩張軍票幾個斗零[8]，再換來幾把米，和他們臘乾的老鼠肉，在胡德別墅一樓荒廢的大廳「野餐」。

念及我只有十歲，又曾經是胡德別墅的住客，他們總會分半碗臘味飯給我開齋。見到戴先生，我把還沒吃的飯遞給他，畢竟他也曾經是胡德別墅的住客。他笑笑推開，咽了一口口水。

「二樓我的房間沒有被人動過吧？」他問我，我猶豫了一下還是告訴了他，他不在的半年，已經有一戶人家搬進來了，好像是兩華會的親友家眷，誰也沒敢問。

誰有資格問呢？馬爾蒂姑媽早就逃回法國了，我爸我媽據說被關進了集中營生死未卜，戴先生被抓進了域多利監獄，徐先生他們也不知躲到哪裡去了。倒是之前住戴先生房間的德國佬史楚德回來過一次，據說是代表馬爾蒂姑媽簽了一張紙給蘿蔔頭，正式確認他

6 注：細路，小孩。
7 注：攞番自己嘢，拿回自己的東西。
8 注：斗零，指香港五仙硬幣，是一種一九八九年前流通的香港貨幣，面額為零點零五港元。

們可以使用胡德別墅，多麼可笑的德國鬼和日本仔，香港人難道會介意他們的侵占嗎？

我帶了戴先生到一樓的雜物房，從一九四一年那一個天都冧落來[9]的聖誕節開始，我一直住在這裡，沒人管我。我把樓上的幾床墊子扯了下來鋪滿了房間，又可以打滾又可以防炸彈，不知幾正。[10]

「桑，你真的不介意我在這裡暫住？我找到合適的房子，就把太太和女兒從上海接回來。」戴先生放下了他手中那一捆舊書。

我看著戴先生蒼白的臉，還有他身後飄忽不定的影子（當然是因為我手上的火水燈[11]搖曳），點了點頭。老實說，有他陪我，我還沒有那麼害怕呢。

後來整整一個星期，戴先生就像每個從域多利監獄[12]死裡逃生的人一樣，每晚囉囉唆唆給我講他在獄中的經歷，什麼坐飛機、老虎凳的，我卻聽得津津有味。戴先生講著講著，地板上就會出現一汪水，他會把自己慢慢沉進去，我趴在水面往下看，那是個光明境！一座高塔的內部，無數個戴先生在夢遊，在游弋，又像圍一圈循環走路，好比無

9 注：天都塌了，完蛋了。
10 注：非常正點，妙不可言。
11 注：煤油燈。
12 注：域多利監獄（Victoria Prison），香港首座監獄，以維多利亞女王命名。一九九五年列為香港法定古蹟。

期徒刑犯人的放風……

戴先生的故事總是這樣，有頭沒尾，像被吃了一半的老鼠。但咁都[13]好過張姑娘給我講的戰地醫院的鬼故事！想到這，我就忘不了幾個月前我去醫院偷牛奶的時候被張姑娘抓個正著，她咯咯咯的笑聲。

唉，戴先生又哭了，他想女兒了吧？那天我看見他站在胡德別墅旁邊的小山丘，看著二樓的燈光，傻傻的看了成個字[14]，那是他家原來的窗戶哩。月光隔著竹葉湧動撲到他身上，他像在囚室裡挨著鞭子，踉蹌了又站定。戴先生畢竟是個詩人，不像張姑娘，張姑娘說她自己是個小說家。

是個鬼！要不是為了喝她懷裡被捂暖了的牛奶，我才不要被她瘦得硌人的胳膊摟著，聽她講誰誰誰已經死了，誰誰誰還在死著，誰誰誰馬上就要死。每當那個時候，她懷裡的牛奶就會沸騰起來，叫喊著我們一起死我們一起死我們一起死。我害怕地捣住耳朵，張姑娘咯咯笑著，她說，儂別怕，一會我帶你飛。

13 注：咁都，即便如此。
14 注：五分鐘。

# 二

「別怕，一會我帶你們飛。我穿過那些重傷等死的士兵的行軍床或者擔架就像穿過殉教者的墓碑，他們的眼睛跟著我轉，不知道是盯著我懷裡那幾瓶唱著安魂彌撒的牛奶，還是盯著我尖利得要刺穿白裙子的乳頭，它們也在唱著小曲兒，唱鵝媽媽童謠。別怕，人都是要死的。他們當中有人舌頭還能動的，狠狠地罵我：巫婆！哈哈哈。」

張姑娘可能真的是個巫婆。她喜歡摟著我睡覺，那時槍聲還不時在維多利亞城裡零星響起，她的身體冷得像馬爾蒂姑媽養的大蜥蜴，在槍聲裡咯咯咯笑，乙乙乙哭。她咬著我耳朵用英語跟我說：「I am a Banshee，Banshee，你知道什麼是 Banshee 嗎？報喪女妖。」

「你為什麼是 Banshee？」

「因為我一直一直在洗那些還沒死的人的軍服、裹屍布、壽衣和盔甲！洗啊洗，洗啊洗！」這時候張姑娘緊緊摀住我眼睛，不讓我看她的臉。我使勁聞她的手，可是並沒有血腥味。

有一天清晨我把這件事告訴戴先生，因為前一晚他不見了，早上回來的時候他的大衣是濕的，沾滿草屑。他疲憊而亢奮，舔著自己手指上好幾道劃傷。我說：「你去哪裡了？

昨晚我又聽見 Banshee 唱歌，我好害怕。」

「你怎麼知道 Banshee ——嗯——報喪女妖會唱歌的？」戴先生雙眼睜得老大。

因為我聽張姑娘唱過——

She's a banshee in the night,
Screaming out with all her might,
Her voice echoes through the trees,
Filling all with fear and unease.

Banshee, banshee, let your voice ring,
Sing out loud, let the night bring,
All the terror and the fright,
As you haunt us through the night.

Her hair is wild, her eyes are bright,
Her skin as pale as the moonlight,

She dances in the shadows deep,
As we tremble in our sleep.

Banshee, banshee, let your voice ring,
Sing out loud, let the night bring,
All the terror and the fright,
As you haunt us through the night.

She's the queen of the haunted land,
A ruler of the undead band,
She'll never rest, she'll never cease,
Until she's brought us to our knees.

Banshee, banshee, let your voice ring,
Sing out loud, let the night bring,
All the terror and the fright,

As you haunt us through the night.
Banshee, banshee, we can’t escape,
Your haunting voice, our souls it takes,
We’ll forever be trapped in your grasp,
As you sing us to our final gasp.[15]

戴先生雙眼眨啊眨，忍住眼淚。他雙手交替著搓著手腕，手腕上手銬留下來的疤痕吸了他手指上的血，慢慢長出一朵朵的紅山茶來，碩大的。

戴先生心醉神迷，讓我聞這些紅山茶，山茶花瓣擦痛我的嘴唇，我忍不住一口咬了下去，我餓了。

戴先生沒有喊，因為他不是報喪女妖。但咣當咣當兩聲，大廳窗戶僅餘的兩塊玻璃碎落下來。

我們回過頭，一地玻璃碎，每一片都是一朵浪花，每朵浪花裡都有一個游得精疲力

15 注：報喪女妖歌謠是委託ＡＩ程式Poe創作的。

盡的士兵——加拿大產的十歲小錫兵，在沉落，掙扎，再沉落⋯⋯

## 三

我和張姑娘見的最後一面，是那個所謂戰地醫院最後一個傷兵在根本沒得到醫治咽氣以後。殘破的白窗簾呼啦啦伸長了舌頭舔著天花板、床鋪、柱子⋯⋯染了紅色霉斑的一切，像要把我們席捲而去。張姑娘全身熱得發滾，她說不要緊她沒有發燒。

晚上，她像說夢話一樣抱著我喃喃自語：

「看見嗎，摩星嶺山麓上有一排唐朝的寺廟，我和你是刺客，與主人們在中庭吃酒、笑對山谷跌宕。不遠處群鶴雲集起舞，繼而是數排斑斕山雞、溫柔棉凫，後面還有幾隻日本朱鷺，翩翩之，熙熙之，似有天樂相和。天暮，眾鳥突然沖天飛起，撞入黑暗中，化作火星千朵散墜。你語帶譏諷地說：接下來是雪吧。果然火星在墜落半途變成萬點雪花，欸，桑，山居冷起來了，我們要走了。」

「我聽不懂欸，香港會下雪嗎？報喪女妖是這樣講話的嗎？」張姑娘（她始終沒有告訴我她的名字）一直笑，「傻瓜，當然不是，我以後也不會這樣說話了，日後如果我再回來香港，我就會像一個貨真價實的報喪女妖那樣說話，你等著瞧哦。」

第二天醒來，床鋪上沒有她的壓痕，只有一根長長的白髮，那不是張姑娘的。地上有一把銀梳，那是張姑娘的。我撿起來藏在破獵裝的內袋裡，嗚嗚嗚的哭了一陣，被日本兵一槍托趕走。

香港到上海的郵船恢復了通航，有的人迫不及待地返上海了，張姑娘肯定也是其中之一人。香港的市面也漸漸的恢復了一點生氣，新刻的墓碑像薑花開滿了面海的山坡。雖然餓斃的人依然不時在街頭把自己捲成一條條蛋卷，但吃飽了的人已經開始補習的補習、返工的返工、擦鞋的擦鞋……篤背脊發雞盲食夾棍的冚唪唥都出曬來[16]。我的廣東話也越來越叻[17]。

有一天，戴先生說要帶我去伯大尼修院找一個老朋友。「是我的難友。」

「什麼是難友？」

「就是一起吃過苦頭的朋友。」

那我也是戴先生的難友嘍，同住的一個星期，每天去偷牛奶、化緣老鼠飯來給他吃。

直到前天戴先生找到給死人整理舊書的工作，預支了薪水，我們才吃上了麵包，今天才

16 注：「一些行蹤怪異的人也開始現身。」

17 注：「我的廣東話也越來越流利。」

有力氣上坡去伯大尼修院。

修院意外的沒有被砲火波及，也沒有被日軍占領，但空無一人。院牆慘白好像為了襯托天空的黑，眾樹猶枯把影子刺向窗戶，圍欄上的花眼輪番張嘴喘息，從瀑布灣方向照過來的夕光像牛油刀在乾裂的牆上塗抹著死亡的香氣。

戴先生在迴廊地上撿起來一本書，法文的，*Les Boulevards de ceinture*[18]，沒有插圖的樸素平裝本。戴先生翻了翻，說：「這好像是一本犯罪小說還是科幻小說，講幾十年後的人回憶現在的戰時生活的吧……通篇時態都是過去時[19]，只要還說過去時，他們就注定找不回現在的自己。」他把書送給我。

修院的酒窖大門洞開。我們拾級而下，地上灰塵遍布雜沓的腳印，果然這裡也已經被掃蕩一空。戴先生撿了兩個尚好的紅酒箱子，坐下，遞給我一個。

「桑，你想知道前天晚上我去哪裡了嗎？」

我點點頭。

---

18 注：*Les Boulevards de ceinture*即《環形大道》，莫迪亞諾著，一九七二年出版，不知道為什麼出現在一九四二年的香港。且日本小說裡引用的法文並非出自此書。

19 注：past tense，過去式。

「我走了六個小時的山路，躲躲閃閃走走停停，從摩星嶺的樹林迷宮中穿過，走到了淺水灣的禁區。

距離目的地還剩幾步路，我的哮喘病犯了，靠在一棵榕樹上使勁喘息。當榕樹的氣根輕輕地抱住我，我好像一個嬰孩哭累了要入睡。這時我聽見夜空中有陣陣哀號，尖銳、短促，是倉鴞的叫聲。

我一抬頭，它的臉就像離我只有一尺之遙——它的笑咪咪臉和旋擺著展開的大翅膀內腋都無比雪白，那一剎我只覺得我是在凝視月亮。

月光醉人，似乎舉起了整片沙灘、整片海，以及零落的墓地、遠處燈火閃爍的淺水灣酒店……突然我看見倉鴞盤旋俯衝，不知道是它還是墓地裡的鬼魂唱起歌來：

走六小時寂寞的長途
這裡適合做你的墓
戰爭沒有，怨恨沒有
連寫一首詩的時間都沒有了
你來這裡躺下吧

全世界都到這來
成為黑夜的一部分
你有一束紅山茶
你成了黑夜的中心
短暫地成為黑夜的中心吧

你也曾經是趕路的信使
一路上和自己辯駁
信已經封緘
我實在無法聽你說更多
你的馬也不是羅西南多

誰在臥聽海濤閒話呀
松針落下，夜氣清明
全世界撤離吧
老魚吹浪像地圖上那樣

遠處救生員的位置空了

你來這裡躺下
連寫一首詩的時間都沒有了
戰爭沒有，怨恨沒有
你是羞澀的死人
這裡不適合做你的墓，快走，快走。

這時分，宵禁應該已經結束，曙光熹微，寒意吸乾我的淚水。淺水灣酒店那邊走出一些巡邏的士兵。我趕緊離開我友人的小土墳，轉身走入林中，而倉鴞像在帶領我——它的影子碧藍如火焰，把我的雙腳往前拖，我就這樣踉蹌疾走，回到薄扶林的時候，天還沒有完全亮。」

「你遇見了報喪女妖——」我驚呼。

戴先生把手指放我唇上，「噓——」我又聞到了血和紅山茶的香味。

戴先生沒有在伯大尼修院找到他的難友。我們沉默著下山，戴先生吹著口哨，

是 *By the Sleepy Lagoon*[20]。天色還早，我翻開了一直插在褲袋裡的 *Les Boulevards de ceinture*[21] 艱難地唸起來：

Combien de fois ai-je parcouru ce chemin ! Combien de fois ? ...le passé est compressé en un tas, Les gens ne peuvent pas faire la différence, les jours sont si semblables, Même jour heureux, ces sœurs jumelles ! Je suis confus Ai-je oublié de dire "au revoir" en quittant la maison aujourd'hui ?[22]

戴先生接過我讀到一半的話，好像這本書是他寫的，他根本不用看在夕陽的餘光裡搖晃著燒完的書頁，大聲地對著薄扶林中擴大著洶湧起來的黑暗把書朗讀完：

La vie, la vie, le chemin long et sans fin de la souffrance ! Ravalant des larmes, écoutant

---

20 注：英國作曲家Eric Coates於一九三〇年創作的輕音樂。
21 注：法國作家Patrick Modiano的小說，一九七二年出版。
22 注：「這條路我曾經走了多少回！多少回？……過去都壓縮成一堆，叫人不能分辨，日子是那麼相類，同樣幸福的日子，這些孿生姊妹！——我可糊塗啦，是不是今天出門時我忘記說『再見』？」

mes pas fatigués : Il n'y a pas que la mer et le ciel, les nuages et les arbres qui bloquent le rêve de l'âme, Le voyageur sans nom a hésité un instant dans le passé.[23]

## 四

戴先生消失之後沒多久，有一個女子來胡德別墅找他。不知道是天氣潮濕還是什麼緣故，我覺得這個女人像一朵雨雲，手中傘裡藏著魚群；而且頭髮和裙子都像潮汐一樣波動著，一分鐘十八下，和呼吸一樣，教我安心。

其實她穿著的是聖士提反女書院的校服，不太合身，頭髮披肩也超過了女校規定的長度。但她的臉型圓圓小小的，眼神閃爍，是個女學生的樣子沒錯。她一見到我就啊了一聲，趕緊伸手遮擋我的眼睛，說不要不要，不要看我。她說話像有笛子伴奏。對喔，她的喉嚨上有笛孔，銅做的，一定很痛。

戴先生走了，不辭而別，我們從夢中醒來從來都來不及和夢中人說再見。但我跟她

---

23 注：「生活，生活，漫漫無盡的苦路！咽淚吞聲，聽自己疲倦的腳步：遮斷了魂夢的不僅是海和天，雲和樹，無名的過客在往昔作了瞬間的躊躇。」

說：「戴先生也許是去上海看女兒了……」

「沒關係，我只是來報告香港的死訊的。哈哈哈，開玩笑的。死訊報告太遲了，或者太早了。」她揪著眉頭，卻做了個鬼臉。不知她是哭是笑。

「你一個人生活還行嗎？」她附身看我，用冰冷的手指撥了一下我糾結的亂髮。逆光的她，依稀讓我想起一個人，一個又一個消失在強光和濃霧中的人、驟溶的雪花、蒸汽一般的時代。雨突然下起來，下得讓人呼吸困難。

「我是桑，你也可以叫我司徒。」我喜歡聖士提反女書院的校服，我喜歡銀梳梳理我頭髮中的祕密……於是我跟她離開了胡德別墅。

離開了，就永不回來。

我是桑，你也可以叫我司徒。我從來學不會用過去時講故事，直到我死也不會。香港重光[24]那一日，我傷痕累累，像一把破傘在淺水灣載浮載沉。

我在水中低頭辨認那些黃沙……那些水中的南音、戲文，鑼鼓聲漸遠。陽光穿透海水黛色的琉璃瓦，給我穿一身綠火焰做的盔甲。

我在深處雙腳突然踩空，空氣還在頭頂一尺以上。一尺上，有神靈。

24 注：重光，指香港從日本占領下光復。

淺水中也有龍，是龍還是別的什麼生物？鈍黑鱗片叮呤噹啷作響，一片片重壓在我的背上，紮根生入去。我伸手求救，便是你今天的手向我伸來，你一一遞給我海水中松枝、風燈和幼鳥……鳧和倉鴞的翅膀，黑白翻飛。

眾仙在一尺上演了一分鐘的大戲。

熾熱的大海中，我的紙身子已被燒成一場大夢，海潮一下子把我推回蜂擁的光中。

最後我被漂送到了瀑布灣，這應該是薄扶林從這三年零八個月裡最後收到的一份祭品吧。我再也學不會用過去時講故事了。

2023.3.15-17.

# 夜航

頭幾十個小時，蘇佩都在考慮寫詩——或者說，在考慮是不是要寫詩，寫一首遺作，一首悼詩，給這三百個同命之人。如果動筆，先寫悼詩是合適的，機艙裡依舊一片死寂，大概兩百多人躺在座椅或過道上，面色蒼白如石雕，如果不是有的人身上有嘔吐物，單看這些平靜下來的姿勢，蘇佩一剎那以為自己身處杜莎夫人蠟像館，或者兒時的夢境。

夢境的話，有點太長。飛機急升急降上下數千米，突然穩定下來，已經過去數十個小時了吧？也許沒有這麼久，因為窗外一直是黑夜，星空時而繁盛，時而只剩下三五顆小星吝嗇地刺眼。有的星好冷，有的有點溫度。

飛機剛穩定下來的時候，生者和死者沒有區別，都凝固在某一刻的驚恐中。過了很久，才聽到空姐的聲音，帶點猶豫：「飛機……飛機暫時脫離危險了，請大家繼續繫好安全帶，留在座位中……等待救援。」

還有兩位空姐活著，她們把幾個同僚的屍體拉到機艙最後面用毯子蒙上。但更多乘客的屍體她們束手無策，此後幾個小時她們也呆坐在屍體旁邊，直到有乘客從震驚中緩過勁來。

「乘務員，請問現在是什麼回事？飛機還正常嗎？」

飛機還在飛，應該還正常。蘇佩和其他生者一起在心裡安慰自己。空姐卻支支吾吾答不出來，她們呼叫駕駛艙，卻得不到應答，「也許電子通訊受損了？」她們去開駕駛艙的門，門從裡面反鎖著，她們使勁拍門，頭等艙和商務艙有的乘客也走過去幫忙，拍，喊叫，可是沒有反應。

「大家不要慌張，可能機長他們也昏迷了，但目前飛機還在飛，自動駕駛系統應該還在正常運作。希望他們會很快醒來。」空姐有點遲疑但說出了大家心裡希望聽到的答案。

「請問在座乘客裡有沒有醫療人員？」

只有一個腦科醫生，但他還是被請出來迅速檢查了所有閉目不動的人，無一例外因為失壓缺氧或者頭部撞擊而死亡。還有一個社工，被請出來配合空姐給幾個驚恐過度精神接近崩潰的乘客做心理安慰，但看起來他自己也需要安慰。

沒有人問在座乘客裡有沒有詩人。當然，詩人什麼用都沒有。而且蘇佩從來沒有自稱過自己是詩人，雖然他寫了很多年詩，現在他拿出紙和筆寫下了幾句話，塗塗改改了半天，但誰也不知道是詩還是遺言。

遺言是要寫的。也許二十小時過去，空姐第三次派發食物，同時派發了紙和筆，委婉地和大家說，以防萬一，大家還是寫下自己想留給家人的話吧。

有幾個人大發脾氣，直接把筆扔到空姐身上。當然，更多人哭起來了。蘇佩沒有哭，他不是那種脆弱的只會傷春悲秋的詩人，他是一個理性主義者。

可是這種情形下，一個理性主義者會發瘋。大概二十個小時過去了，沒有人從駕駛艙出來。幾個懂點航空知識的人預測燃油即將耗盡，因為原定的航程不過是四個小時而已，空姐對他們的預測不置可否，但是強忍著眼眶裡打轉的眼淚。樂觀主義者建議大家細聽引擎的聲音，還是穩定地嗡嗡轟鳴。機會主義者建議大家打開手機嘗試聯絡親友，「我們早就試過了，無論手機還是飛機上的通訊設備，一點信號都沒有。」空姐沒有阻止，但沒有一個手機有回音。

更瘋狂的事情，是蘇佩發現的，或者說只有蘇佩有勇氣說出來。「大家有沒有看到？窗外一直是黑夜。」機艙裡瞬間全靜了。

雖然大家的手錶都停止了走動，也許是因為撞擊。但大家的肚子告訴自己，餓了又餓，起碼三次了。為什麼飛機還在飛？為什麼一直飛不出黑夜？「也許飛機跟著地球轉，始終追不上日出。」樂觀主義者開了個不高明的玩笑，沒有人理他。

書寫遺言，有一種奇怪的安神作用，寫的時候也許慟哭流涕，寫完卻死心了，彷彿做好了離去的準備。第四頓飯，第五頓飯，第六頓飯都吃過了，飛機還在飛，窗外還是黑夜。死寂慢慢被打破，有的人開始與同伴爭吵，也有的人與前後的陌生人有一搭沒一搭地聊天，之間的屍體儘量用報紙或毛巾紙巾蓋住了臉。蘇佩寫了一首詩，靜靜地藏在自己的鞋子裡，想了一會，又拿出一張紙繼續塗抹。

倖存者四十三人，比想像中少，原來為三百人準備的飯，分六次給大家就所剩無幾了。機艙裡還有應急的壓縮食物，空姐說，夠我們吃一個星期以上。有的人笑了，不知道是因為覺得還要飛一星期很荒誕，還是覺得還有一星期的食物很高興。

不知道過去了有沒有一個星期，不久壓縮食物也不多了，飲用水倒是源源不絕，空姐表示她們不確定飛機的儲水量，但建議大家儘量節省飲水，希望能撐到飛機降落或者救援的人來。哈哈哈哈！救援？誰知道我們在哪裡呢？你以為這是一艘船嗎？！蘇佩旁邊的胖子漲紅了臉，奇怪的是蘇佩聽到了他沒有喊出來的聲音。

因為太靜了。這時蘇佩發現引擎的聲音沒有了，彷彿他能聽見窗外的月色如濃稠的濕霧沙沙地爬上了兩邊舒展的機翼，月光像小蟲子密密麻麻地啃噬著機翼，很快四周只剩下了銀光……蘇佩猛地搖搖頭，機翼又出現了，完好無缺。引擎靜止著，我們還在飛。

二百多個死者自在如剛剛登機安頓好的倦旅之徒，又像端坐墓園的佛像們，但即使這樣還是很礙事。「我有個建議……」最後一包壓縮餅乾吃完後，坐在逃生出口旁邊的那個大個子運動員霍地站了起來，嚇了大家一跳。「我建議把艙門打開一下，把這些屍體扔出去！因為我怕，我怕他們會滋生病菌。」

「趕緊扔出去，讓他們安息在星空中間，讓白雲裹著他們進入夢鄉吧，我怕將來食物不夠，我們要被迫吃掉他們。」蘇佩聽到的聲音卻是這樣的。

頭等艙的兩名乘客首先表示同意，他們早就不知不覺坐到普通艙來了，隨著他們過來的還有四個商務艙的乘客。頭等艙的乘客一直比較積極發表意見和幫空姐幹活，商務艙的四位卻常常對頭等的表示不屑，裝什麼領導，死亦為鬼雄嗎？蘇佩聽到這樣的話在他們心裡傳出，頗有點詫異。

普通艙的三十多人也陸續舉手同意了。空姐喃喃地說：「你們選一個代表試一試打開逃生艙門，其他人留在座位上，用安全帶把自己綁緊了，我不敢保證會不會有氣流在開門的時候把一切都吸了出去。」運動員當仁不讓，擔任了開門的敢死隊，兩個胖子心照不宣地上來一左一右抓緊了他的皮帶，他煩躁地推開了他們。

沒事！艙門緩緩打開，跌落空中，簡直像一根羽毛那麼輕盈，機艙內波瀾不驚，連頭等艙那位的假髮都沒有吹起來。運動員在十多個男性志願者的幫助下，把一具具屍體往艙外扔——說是扔不太貼切，因為運動員就跟放飛鴿子一樣輕快，他的雙臂一伸，月光勾勒出他的輪廓，就和他的老祖先那些奧林匹亞的擲鐵餅者一樣矯健、肅穆。隔著凝了薄薄一層霜花的機窗，蘇佩看見那些勻速滑翔出機艙的死者也像古希臘的浮雕人物，像浮沉在愛琴海的泳將，他們死去時的姿勢完美地與蒼老浮雲的曲線起伏相符，恍惚間蘇佩覺得他們都游起來了，他們臉上凜然的表情猶如剛剛離別了雅典，但又像看不見綺色佳的倖存者……只是一瞬間恍惚而已，事實上飛機四周龐大無邊的幽藍色夜空，如遺忘之海迅速把他們吞沒。像母親迅速把他們擁入懷抱裡，蘇佩在手上最後一張便箋紙上寫道。

二百多個天使，用了半個小時才陸續飛離了這座空中煉獄。大夥兒正在犯愁怎樣把空缺的艙門堵上的時候，天使增加了一個。

「再見！我也走了！」這位田徑運動員以不亞於跳水運動員的優雅，微笑著把自己也拋到了星空中去。一瞬間蘇佩看見星光分散成一萬條細線，交織在運動員的身上，像傷痕，像銅雕上的拋光，一秒鐘不到運動員也成了與他的先行者一樣蒼白的佛像。母親的懷抱永遠不會拒絕孩子。

兩個畫家擁抱著飛出去了。緊接著是腦科醫生。一個少年唱著歌躍起。最後是那個一直嘗試用手機發短信的樂觀主義者。終於兩位空姐用身體堵住了艙門。

不過沒必要，留下來的都不會自殺，他們只是沉默著把目光從或者尚有餘溫的鄰座移開，轉向窗外的無底靜雲的漩渦，但又像是隻停留在玻璃上欣賞那些盤結如曼陀羅花葉的霜。

大家累了，昏沉沉睡去，倖存的唯一一對情侶放開了擁抱，老人鬆開了攥緊女兒的手，陌生人互相道晚安。蘇佩的筆卻停不下來，每張紙都寫滿了，他就在自己的白褲子上寫，在白襯衫上寫。沒有人在乎他寫什麼，也許他自己都不在乎，後來的後來的後來，有研究者說這些匆匆寫就的詩句竟然還押韻，還使用了荷馬與曼德斯塔姆的典故。

我的眼睛已倦於分辨啟明與長庚的鋒芒。

「十二日夜，渦輪空轉，淚水如鑽石，鑿壞了法身——我不知道地球上還有那麼多活著的。火焰。」

蘇佩看不到地球，他只是低著頭看著手上的筆往胸膛遊走，這是一枝他用了二十年的，寫詩的鋼筆。

非常鋒利。蘇佩寫完最後一個句號，重重地往「紙」上一戳筆尖，這是他的老習慣，但他這次用了比以往重一百倍的力氣。鋼筆如入無物之陣，輕而易舉穿透了白襯衫，穿透了襯衫下宛如絲帛的皮膚，穿透了他三十五歲飽滿的肉體。

砰一聲好清脆，飛機的近百個窗戶的雙重有機玻璃同時迸裂。洶湧的黑夜混雜紛亂的星光一下子像海水一樣噴湧進來，不，就是海水，蘇佩在最後一刻嘗到了那莫名有點溫暖的海的鹹味，他的雙眼越過四周突然變成了如水母般透明甚至充滿微光的漂浮的軀體，看見靜默行舞的魚群，看見了千米以上的海面，太陽剛剛升起。

太陽就像蘇佩三十五年來的每一個早晨那樣一言不發地升起，無動於衷自己的美麗。[25]

2014.3.20. — 4.7.

25注：本篇是關於馬航370客機失蹤事件的，當時我和中國科幻小說家韓松等朋友相約，各為此事寫一篇小說。

# 末日練習

卡夫卡所說的非個人的神性，即不可毀滅之物，潛藏於每個人身上。

——里奇・羅伯遜《卡夫卡是誰》

# 一

「你最喜歡哪個詩人的隱喻？」卡明斯基問我，「隱喻？」我想了片刻。四周是鹿特丹國際詩歌節的衣香鬢影，相對於那些英語國家的詩人，卡明斯基帶著被助聽器修改的烏克蘭口音英語反而比較容易理解一些，當我回答出曼德爾施塔姆這個我倆都熱愛的名字時，他稍有點失望，因為答案太正常了。

我也毫不意外，當他告訴我，他喜歡的是屈原。在運河縱橫交錯的鹿特丹提到屈原，如此自然，前天還正巧是端午節，不用我費舌，楊煉已經聲色俱全地給這些老外講述了他們兩千年前的那位同行悽美的死亡。我想此刻，卡明斯基和我說起屈原，腦子裡的形象是長髮紛飛的楊煉。

為了屈原，我請卡明斯基去唐人街「香滿樓」吃粵式粽子。「曼德爾施塔姆死於大雪和飢餓，我差點也是。」——卡明斯基邊說邊吃了三個粽子，「但你知道我是怎樣活下來的嗎？在一九八一年的烏克蘭，一個突然失去聽覺的小孩依舊被視為女巫咒語的結果，雖然女巫早在史達林時期就全部被槍斃了，但咒語永恆，像主義一樣！」

「在我父母突然被調到西伯利亞進行一場特訓的一個冬天——他們名義上是冬季運動員，實際上，我看到他們的書房裡都是關於未來主義建築和日本新建築的書籍。」卡明斯基停下來問我：「你看過塔可夫斯基的《索拉里斯星球》吧？我甚至發現在電影完結的字幕中那一長串的致謝名字裡，有我父母的暱稱。」

嗯，我記得那個冬天《索拉里斯星球》已經面世。四歲的卡明斯基被交託給社區保姆，保姆卻被另一道命令調去了鄉村的農場進行末日生存演習——每個年代，總有一些末日傳說在世界的某個或大或小的角落蔓延。於是卡明斯基一個人在家裡過了一個月。末日沒有來臨，當保姆突然想起他而趕回家裡，發現卡明斯基穿著一個月前的女裝紅毛衣端坐在床上，沒病沒痛，只是耳朵聾了。

「所有人都認為是女巫在暗中照顧著我，把我耳邊的聲音取走以作為報酬。除了我的父母——他們匆匆趕回敖德薩[26]，臉上的神色就像世界末日已經發生了。直到十多年後，我們都已經移居美國，在芝加哥的一間小公寓裡，父親才和我說起那個冬天在另一個城市他們遭遇的事情，他們做了一個關乎世界存亡的夢。」

---

26注：烏克蘭第三大城市，也是該國重要的貿易港口，被稱為「黑海明珠」。

我聽不太清楚，卡明斯基有沒有再次提及《索拉里斯星球》，但他向我轉述的他父親的夢境，在我腦子裡是以《索拉里斯星球》的布景呈現的。

「一九八一年，遠東的嚴寒啃噬著基地厚達兩米的水泥牆，我和你母親輾轉難眠，因為各自知道的一些祕密卻無法交流，你不知道哪裡有竊聽器。半夜裡暖氣可能停了，我夢見了一個未來之城的末日。」

「黃昏的欲雪天氣，煤煙味的寒意嗆著我們的鼻子，順著那些我們半懂不懂的日語指示牌，我們穿越無人但是燈火明亮的高速公路，找到一個突兀而立只有下行的電梯亭。我手拿著書走進亭子的一片藍光裡，按下了一個紅光的大按鈕。我知道必須這樣，才能看到我手中那個日本長篇小說《偽默示錄》的第三部，也就是結局。」

「我迅速下沉到一片無邊的黑暗中，觀看結局像立體電影一樣在我身邊發生：上集失蹤的兩個少年，赤裸著被投放在黑暗裡，他們捲縮著就像嬰兒在羊水裡浮沉，這黑暗裡沒有重力，也無分上下。兩個少年，一個像已經死去，指甲發灰、皮膚彷彿半透明一樣隱現出刺青般沒有血色的血管，一直在昏迷狀態；另一個的眼睛是圓睜著的，他故做平靜，試圖分辨自己的處境，但這一切只能讓他忍耐——純粹的黑暗，什麼都沒有，我想要是我肯定會發瘋。」

「夢裡的時間像電影裡那樣嘩嘩流逝，這樣過去了差不多一個星期，從少年們的上下方虛空中分別飄過一些枯葉，清醒的少年把它們拉到自己身邊給自己圍成一圈衣服，也給昏迷的同伴圍了一圈。有時，甚至漂過了一朵枯萎的紅花，少年把它拈在手中，突想起人世間快要到聖誕節了吧?他的眼淚第一次流下。我閉眼不忍再看下去。」

「但在我閉眼的一剎那，鏡頭就切換成地面世界。一間几明窗淨的中學課室裡，少年的同學們在布置聖誕的裝飾，她們都知道少年的失蹤，但決定要忘記這件不幸的事。少年原來的座位上，放置著別的地方無法放下的兩隻一模一樣的巨大的黑熊玩偶，女孩子走過，頑皮地捏一下黑熊的鼻子。少年們曾經預言馬上會發生的世界末日並沒發生，成為了一個同學們都懶得提起的笑話。」

「但是窗戶外面的陽光，燦爛得就像末日，這裡沒有黑暗，黑暗全部彙集到電梯深處的少年身上了。」

「我深吸一口氣，按下綠色按鈕，從黑暗升出。像一頭被從冬眠驚醒的熊那樣踉蹌走出電梯亭子，對等待的阿霞說：你還是不要下去看了，太悲慘，沒想到小說的結局這麼灰暗。突然，我覺得小說還沒有完結，我環視巨大的高速公路、高架橋以及突兀在此的電梯亭，明白到它們的建造商是同一個資本集團，而這個集團就是小說裡導致好奇的少年失蹤的主謀。他們肯定知道末日即將發生的祕密，但是永遠被困鎖在虛無之中了。」

「那我看文字吧?阿霞說。但是三部小說都被我匆忙中遺落在電梯深處了。我不敢回去取，也知道不能回去取，我拉著阿霞就跑，必須迅速離開此地。雖然聖誕派對馬上就要開始了，無論是在夢裡還是在西伯利亞的基地。」

「基地裡沒有紙和筆，我決定在心裡記下這個夢的每一個細節。那晚我還是輾轉難眠，過了很久以後迷糊睡著，我繼續夢見世界末日快將來臨，我們在荒巖上的一座小房子忙得團團轉，收拾了細軟，推著嬰兒車裡的小卡明斯基，哈哈大笑迎接世界末日。」

「我父母從西伯利亞回來之後，離開了運動隊，成為了敖德薩最早一代的『倒爺[27]』」。卡明斯基用了漢語拼音 Dao Ye，眨著無邪的大眼睛向我傳達那個時代我們兩個七〇後少年共有的暗號。「很快他們就存夠了移民的錢，也聯繫上了美國的親戚，我的女巫傳說，甚至也成為了他們申請移民的理由——他們和烏克蘭的官員說，這孩子有妄想症，留在社會主義祖國恐怕會製造不少麻煩。」

「所以你提前成為了布羅茨基[28]，而不是曼德爾斯塔姆[29]。」我哈哈大笑與他乾杯，給大醉的他披上西服，就像浮在黑暗中的少年為另一個少年整理裸體上的枯葉一樣。我

27 注：從事投機事業，以此牟取暴利的人。
28 注：Joseph Brodsky（1940-1956），俄羅斯出生的猶太裔詩人，被蘇聯政府驅逐出境，後定居美國，獲諾貝爾文學獎。
29 注：Osip Mandelstam（1891-1938），俄羅斯的猶太裔詩人，因寫詩諷刺史達林而被判勞改，最後死在中轉營。

把他送回酒店另一樓層的房間，他的女友出來開門，竟然是一個日本姑娘，長髮及臀，長睫低垂，像《銀河鐵道999》的美黛爾。」

## 二

我不是卡明斯基的父親，但那晚我也做了一個關乎世界存亡的宏大的夢。

回到酒店裡，被唐人街的桂花酒和時差所苦，迷夢連連，索性起床，讀起我從香港帶來的長篇小說。小說名叫《末日考》，作者是我遠在中國梅城的老友康赫。

和他上一本小說《斯巴達》發生的地方江南梅城稍異，這部小說發生在一個內地三線小城，位於甘肅還是陝西的某地，少年隨一家遷至，落戶於鬧市。少年長得鑾帥，但卻像白化病人，渾身籠罩著蒼白的微光，五官似胡似番，舉止動靜倒是標準的漢人，謹慎得有點過分，一直到十歲還不願意開口說話，鄰居們的說法是他壓根是個聾子。

其實少年是一個佛的轉世，少年自己也知道，他的家人卻不知道，只是以為生了一個自閉的孩子，而且生活勞碌，竟也沒有帶他求醫和求學，就那麼由他在家沉思默想。他家租住老區老宅，宅前三棵半死不活的老樹，自從他們搬到這裡，一年年地茂盛起來，重又開花結果了。漸漸的有一些魔鬼也知道端倪，開始圍攏在他家四周，扮作引車賣漿者流，或者烏鴉蝙蝠和流浪犬，意欲想向他挑戰，甚至尋找機會欲置之死地。

在少年十二歲那年，一隊喇嘛從藏地趕來，幾乎是半夜出現，第二天上午就買下了少年家門前一大片住宅，用數月時間把它們夷為平地，在廢墟上修建起一座藏寺，雖然不大，但八角支楞，像憑空演化了多重空間，檐上金碧也伸延出無數虛線，又暗示出更多輪廓。

隨後一個早晨，大雪紛飛，眾鳥噤聲之際，喇嘛們在雪地上跳罷了金剛舞，趁汗水還沒結冰，梵音尚未彌散，便去敲少年的門。

少年早已在門口候著。喇嘛們魚貫而入，從早上說到晚上，用盡了他們學僧時代辯經的絕招。他們力邀少年搬進寺廟，他們已經做好結界、法場，可以保護少年的平安。但少年拒絕了，他說：他要在他轉世的家中親歷此劫。

於是喇嘛們退去，商量了一宵，翌日早上，竟然在寺外自焚殉死，說要化作鬼魂保護少年。自焚的景象平靜威嚴，這些有道行的肉體輕快地被燒成細灰，旋即被風吹揚而去，拌入雪中。喇嘛們死後，寺廟迅速傾圮，八維摺疊，幻影收束，又混入了荒煙蔓草之間。

喇嘛們不知道的是，在少年家中，他已經與魔鬼進行了三百次鬥法，每一次都是世界末日的預演。在少年的布陣下，房子的每一個角落、梁柱都對應世界各處的山水，各種地震、海嘯等災害縮微發生，比如說一群螞蟻拖著一陣旋風經過，那柱子就會像摩天樓一樣倒塌；一隻杯子在牆角粉碎，很可能某地的閃電燒著了一整片貧民區。

少年對這一切把戲瞭如指掌，從容誦經結手印逐一破解，但他不知道每一次拯救世界都會減損他的陽壽，或者他知道而不顧。在驚心動魄的室內鬥爭以外，小城的生活平庸如常，他的父母上下班、買菜做飯如常。直到一天，少年病危，黑血一股股地從他嘴角湧出，像一朵朵枯焦的蓮花。

「在這最不幸時代的嚴寒裡，我這個上了年紀的老人赤裸著身體，坐著塵世間的車子，駕著非人間的馬，到處流浪。我的皮大衣掛在馬車的後面，可是我搆不著它，我那些手腳靈活的病人都不肯助我一臂之力。受騙了！受騙了！只要有一次聽信深夜急診的騙人的鈴聲——這就永遠無法挽回。」

唸叨著卡夫卡的《鄉村醫生》，夢中的作者康赫在小說裡現身，說要製造一個懸念。他絮絮叨叨一如過去，化身老年仁波切趕來給少年講一個夢。康赫仁波切嘗試在少年的床前躺下，但是血紅地板上馬上湧起山巒河川的幻象，此起彼落猶如被詛咒的電波、中世紀混戰的刀斧。康赫只好回到一尺外的椅子上開講。

「我的夢荒誕不經，但在我講述它之前，我必須告訴你：你死後會有不少人拿著你的舍利子去魔鬼之處求賞，這沒有什麼；我曾經是一個保險公司的工傷鑑定員，有一次收到一個鄉村的兩封來信，裡面是同一個人的左右兩隻耳朵，他們都說死者死於意外請求賠償，但是可怕的是耳朵的邊緣是一排牙齒痕跡，它們是被咬下來的。我拒絕了索償，我想魔鬼同樣會拒絕的。」

## 三

康赫仁波切的夢：

那年我才二十多歲，是一個不稱職的土地測量員。我乘坐的大巴車晃晃悠悠走在西藏西北的山間，一車二十多人多是遊客，有內地人有香港人有藏人，電視機上播放著八十年代的香港無厘頭電影，褪色的香港明星拚命逗樂，可是誰聽得懂呢？聽得懂的那幾個香港人都戴著耳機在聽昨天在寺廟裡買來的佛唄梵唱。

我們的目的地遙遙在望，在一陣陣煙塵之間偶爾被掠過的陽光擊中，反射出稀薄的金光，那是一個古代王國都城遺址所在的小城，僧舍和藍鐵皮簡易屋犬牙交錯，旅遊業的手剛剛伸到這裡。

旅途漫長，我昏昏欲睡。車上游客都成了朋友，有說有笑講著自己的豔遇故事或者離奇經歷，像是為了避免睡去而錯過王國遺址的美景，也像是為了延宕高潮即將來臨的興奮。

司機也很興奮，開得飛快，早已把上一個查速路卡發布的限速單子拋諸腦後。在一個下坡兼拐彎處，突然砰的一聲，汽車急剎急轉，一個騎車人和他的自行車捲進了車底。他的身影在車窗前一閃而過，我看到破爛的國旗，畫著大麻葉子圖案的頭巾，還有一張奇怪地白皙、鬍鬚亂爬的臉。

我急忙下車看，那騎車人重傷瀕死，口中湧出汩汩黑血，而他的山地車被撞得成了一個桶形。我喊其他下了車的人幫忙救人、報警，卻發現眾人也不對勁。他們一個個抬頭茫然看著藍天，身體漸漸變得透明。我不明所以，一個同車的老婦，臉上分不清是褪色的刺青還是乾了的血跡，湊過來告訴我：我們的車剛才也翻了，我們都死了，你看所有人都在變成鬼魂呢。

果然最後所有乘客和司機都變成透明幻影，可是我卻沒有。老婦說：看來只有你沒死，這樣你的責任重大了，你要陪著我們去一趟地府，作證證明我們的車是為了閃避那個騎車人才翻車的，說不定死神會讓我們還魂。

好吧。我就隨大家上了車，正待開車，司機說：哎，少了一個。數來數去，每個座位都有人在，正困惑，老婦對我說：你的兒子不見了。康康？是啊，你剛才一直抱著他的。我慌了，老婦說：可能是剛才撞車厲害，你兒子的魂兒輕，被飛到前面去了，你現在有超能力，快去前面找找看。

我所謂的超能力，是變得身輕如燕，一跳能有十米高。我就在高原山路上跳躍著找康康，很快找到了前面有古都遺址的小城，小城人煙寥落，貨郎與少婦買賣虛與委蛇，路面上畫滿了我不認識的神獸的塗鴉。

我攔著人就問有沒有見過一個接近兩歲的小小孩？沒有，沒有。但在陽光下抓蝨子的一個女乞丐說，好像看見他往故宮（他們這樣稱呼他們的古都遺址）走去了。隨之有兩個衣衫襤褸的孿生小男孩，一個瘸腳另一個好像是瞎子，他們和一個中年喇嘛從甜茶店的陰影裡走出來，主動說要帶我過去，我卻心急一路跳躍走在前面。

「故宮」極其龐大壯觀，宗教建築與皇家建築交錯互生，細看有八大塔，每塔八層，每層又支楞出八角飛檐，檐上錯落生出無數稍小的飛檐與望塔，像布達拉宮和札什倫布寺的混合體，奇怪的是它彷彿與身處的破落小鎮的塵土無關，一切都嶄亮透徹，無數大小銅器倒映著天空和雲，幾乎溶了進去，屬於天上的另一個國度。

直覺讓我在一處停下仔細尋找，我跳高察看每個高塔，終於在一個塔尖的神龕裡發現康康蜷伏在那裡，又是驚惶又是疲憊。我眼淚盈眶，小心把康康抱了下來，他的臉上身上布滿厚厚塵埃，彷彿已經堆積逾百年，與高塔的潔淨也無關，烏黑土垢中幾乎看不出他是康康。而且他受驚過度，推開我不讓我抱也不讓我親他。

中年喇嘛說讓我抱一下，你兒子是一個靈童。奇怪，康康乖乖地讓他接了入懷，剛一抱好，康康就嗖的一聲把喇嘛的眼鏡摘了下來。我破涕為笑：他是康康無疑，因為康康最喜歡和戴眼鏡的人玩這個遊戲的了。

我和你說這個夢，不是為了暗示我們可能存在的親緣關係。接下來發生的事更讓我吃驚，沒戴墨鏡的喇嘛，臉色變得刷白，鬍子也糾結長長如大麻葉子撕破，他抱著康康飄了起來。「我在那個下坡的事故高發路段等了好幾天，就是知道你們要來，我尋找這個能拯救世界的孩子已經很多年，今天終於找到了。」他在空中說，他的臉上有著和兩歲的康康一樣的無邪和平靜。

然後我就醒了。哈哈哈，康赫仁波切大笑。

康大師，你不覺得這個夢的結局太正常了嗎？鹿特丹酒店午夜一片渺茫，密閉的窗簾拉開一點也沒有透進來多少微光，我甚至不知道是我還是卡明斯基，向一直端坐在房間角落裡的康赫如此詰問。酒氣瀰漫，我也看不出康赫的表情，是悲傷還是戲謔。他彷彿是乘坐一部未來的電梯，從西伯利亞或者東京或者梅城空降到這裡，他卻說他的羸馬正在窗外不斷哀鳴，他必須離開這個地獄。

受騙了！受騙了！只要有一次聽信深夜急診的騙人的鈴聲——這就永遠無法挽回！

我們是騙子還是被騙的人？我記得我有一次和康赫說：我從小就懷疑，那個真正的廖偉棠在三歲的時候因為一場急性肝炎，在偏遠的粵西縣城醫院中死去了，現在的我是醫院臨時從孤兒院找來替換的，而我的父母也就自欺欺人地接受了。對於真正的廖偉棠，世界末日早已在一九七八年發生，此後沒有世界。

但是真正的問題是，你還算不算是廖偉棠呢？

那麼你，敖德薩的那次末日演習之後，穿著紅色女裝端坐在廚房那張永恆的女巫之椅上的你，還是不是卡明斯基呢？[30]

2015.5.

30 注：小說中關於詩人伊利亞・卡明斯基（Ilya Kaminsky）和小說家康赫的情節純屬虛構。

# 劫獄前夕——續《清京暗殺考》

# 一

「民國一百三十六年，在我已過七十歲的今天，讀到這本小說《清京暗殺考》，彷彿喚醒了稀薄脆弱如冰花一般的少年記憶。

雖然生活在全球平均氣溫四十攝氏度的讀者諸君恐怕已經不知道冰花是什麼，一如不知道我使用民國一百三十六年這種古舊的紀年法意義何在。意義，這個詞本身也漸漸在這犬儒時代沒有了意義，就像今天我找出塵封的實體電腦鍵盤敲出一個個方塊字那樣，這篇文章也注定不能在已經尋常如呼吸的腦際社交大海之中流傳。

不過我還是要寫，就像《清京暗殺考》的作者MARCUS他必須要寫一樣。中華民國作為一個消亡了的朝代何其短暫，其他各個朝代則同樣短暫，但它們的意義何在呢？或者那些在人類文明史長河中朝生暮死的人意義何在？革命的意義何在？書寫這一行為在今天，就像革命在一百三十六年前一樣危險，然而必要。

《清京暗殺考》寫的正是一百三十六年前的事情，所謂『清京』即是現在的北平湖所在，當年它是一個大城市，清國的國都。『暗殺』則比較難以向諸君解釋，就是蓄意去中止一個人的肉體生命，但這個人與暗殺者並無私怨，他是一個有影響力的政治代表人物，殺死他的象徵意義大於實際意義，宣示了革命者對舊政權的輕蔑和虛無化後者的決心。『考』，以前多用做歷史論文，小說這樣命名是一種故作莊嚴的戲仿。

《清京暗殺考》的故事開始於一九一〇年，彼時，清國乃至香港澳門諸地均活躍著大量的仁人志士——也可以稱他們為密謀家，他們嘗試以一種『前恐怖分子』的手段：暗殺來威懾清國政權，為革命鋪路。《清京暗殺考》的主角夏昭和她的同志們，就是一支來自南粵的革命小隊，故事開始的時候她們已經來到北京城外，與其他十多支懷著同樣目的的隊伍一樣摩拳擦掌，對紫禁城內的權貴們虎視眈眈。

可是，這部小說並沒有寫成一部可歌可泣的革命史——像上世紀無數如今被扔進圖書館的紙張再造器的左翼革命小說那樣。《清京暗殺考》的風格奔走於莊重與詼諧兩個極端之間，莊重是指它使用了書中書的手法，假借一位歷史學家之手，從一部虛構的出土文學作品去考據一場失敗了的革命的蛛絲馬跡。詼諧的是這場失敗的革命本身，夏昭小姐把自己的隊伍偽裝成一個流浪馬戲班（馬戲班是上個世紀之前的事物，提供給沒有虛擬遊戲可玩的人們某些近乎虛擬的冒險和想像體驗，當然，是沒有仿真技術加持的），她們遭遇了無數鬧劇一般的衝突。

從後者看來，《清京暗殺考》的潛文本還包括了一本日本人寫的書，川端康成的《淺草紅團》。同樣是大師的冷門作品，如果不是二〇三〇年日本老導演 SABU 把它改編成鬧劇，恐怕日本讀者都記不起來它了。兩者的相似之處不限於馬戲班的雜耍風格在文字實驗性上的對應，更深的是它們都繞開了對『時代』的宏大敘事，在帝國末日的陰霾之下，饒有興味地關注一個個盡情弄潮嬉戲的小角色的命運，而所謂的時代正是由她們組成。穿插在全知全能敘述章節之間那些夏昭的意識流，是介於少女和女人之間的天真視角，更加顯出這些小人物的生猛可感。

《清京暗殺考》異於《淺草紅團》的，是它在某程度是一本架空小說，《北京一九一〇，一個女密謀家的下午》這首詩成為它架空的起點。小說的楔子虛構了一個我們時代的稀有物種：歷史學家，他在一家不可能存在的舊書店買到一本差不多五十年前出版的手風琴曲譜，裡面夾著的一頁詩稿的內容正好與他研究的辛亥革命史相關涉，比如說這些斷章殘句：『二十三年的初夜壓著我／用一個男人沉默的嘴唇；我的左手上炸藥的傷痕／又在隱隱作痛』。

詩中的女性情慾隱喻和革命隱喻混合無間（如『也許我終將戮殺自己的性命，成為第一個／與革命擁抱的女人，陷入最終的，真正的歡愉。／她在能遙望刑場的街角默默站立了一陣，低下頭／繫緊了暗紅的衣襟。』），小說也有意呼應這種混合，在我看來這是小說最大的魅力所在。據說作者MARCUS是一名不到四十歲的男性作家，但他肯定熟悉這十年在年輕人虛擬社交上大行其道的異心同夢器，所以他筆下那位一百多年前女性的心理如此細膩婉曲。

而詩中還有一個最關鍵的細節被MARCUS大加發揮：詩的第二部分多次寫到這位女密謀家的家鄉和童年往事，如『那時南方也有災情，但是水災。／白茫茫的結著布幡的靈船一隻隻划過／白茫茫的大水，運送著她的祖先們黑瘦的屍體。』也許只是暗示女密謀家與歷史上秋瑾的某些相似背景，但MARCUS則讓虛構的歷史學家把它解讀為寫香港的某一個島嶼，然後順理成章地帶出那個島嶼幾百年前就流傳的人魚『盧亭』[31]被屠戮的傳說，神話原型與政治隱喻相應而生。

於是一百三十六年前一場失敗的革命就呼應了三十多年前香港那一場革命。MARCUS以一個小說家的獨立性提出自己的暗示：成功與失敗的分野在哪裡？辛亥革命是孫中山和同盟會完成的嗎？那些淹沒在歷史主流敘述之外的人，她們的成功與失敗又是什麼？」

## 二

寫完上面這篇文章，我沒有交由約稿的老雜誌《字花》發表。或者說，我不知道為

31 注：香港傳說中半人半魚的生物，在中國東晉年間（西元四一一年）就散居於大嶼山一帶。

什麼要發表，倒不是因為審查制度，二〇四七年的今天，書刊言論審查制度早就在二十年前被廢除，在語言如狂歡一般爆發的五年——不，甚至可能是三年後，腦感社交器的發明一舉剝奪了絕大多數人書寫和閱讀的慾望。

腦感社交器，俗稱腦書——Brain Book，又稱不靈不可，而反對者叫他靈搏獄。它的確像一個 Limbo 一樣把剛剛從酷政下獲得自由的人重投另一種囹圄。在那裡面漸漸衍生出真實（這個詞也要重新定義）的鐵柵欄和鎖、甚至獄卒和服刑的你們。和靈薄獄不同的是，你的靈還可以搏鬥。

「你會繼續書寫《清京暗殺考》的續集嗎？用那個一直儲存在自己的靈裡的名字《劫獄前夕》？」

我把這個問題扔入暗網漂流瓶，我知道它會經由一種內封閉的自洽算法，把它按照曲折隱密的路線送到作家 MARCUS 的匿藏處。然後，趁著今天猛烈的冬陽，我坐上一輛出租自航船，前往北平湖的中心地帶，我要尋找一個叫太平的湖。

在一個湖中尋找另一個早已消失的湖，無異於在森林裡尋找一片樹葉。我忘了這句話是博爾赫斯說的還是我年輕時寫小說瞎寫的。在自航船的導航面板上我輸入「太平湖」，它嘗試幫我定位，但游標一直在旋轉飄移，然後人工智能提示我：「你的目標已經格式化，請再輸入其他關鍵詞。」偌大一個湖，那麼多人歌人哭的堤岸，就這樣被格式化了？

我輸入新的關鍵詞「老舍」，船回答我：「我想寫一齣最悲的悲劇，裡面充滿了無恥的笑聲。」它緩緩啟動，前往波光瀲灩中，歷史耀目自焚的那一個座標點。波光渙散，我發現四周都是那個座標點。

## 三

我會繼續寫。

那是在夏昭入獄接近一年後，她突然連通了我們的腦書，就在她用自己的經血書寫血書的時候。沒有任何道理可以解釋，我們的腦網可不允許逆時間穿越，就算允許我們也沒有駭客可以做到（前往窺探未來倒是可以單方向進行，但斗膽這樣做的人，返回現實之後都變成了極端的厭世主義者）。因此，是她主動接觸我們的，是她以一種原始的、一百多年前甚至更古老的力量，經血，突破了網界的封鎖。

據我在舊書店找到的一本豎排歷史書《飛翔吧！大清帝國》記載，那個變態的朝代的確衍生了許許多多無以名狀的科學——另一些橫排歷史書斥之為「奇技淫巧」。但我相信，夏昭在一九一〇年那次革命之後，她之所以敢於在袁世凱籌建中華帝國時再次入京進行暗殺，肯定是因為學習了那些「奇技淫巧」，這一點，我從她髮絲之間流動不已的螢光就能辨認，那個時代並沒有自生光觸傳心霧吧？

但那個時代有血——夏昭回答我。一代一代女子的經血在我腹中跳躍、穿刺，催促我用它們說話。那些浸潤了商朝人牲囚籠的蒻草的，那些在漢榻上滴瀝成一串墨色梅花的，那些被金人的馱馬磨礪成血塊的……嗚嗚嗚，都在說話。

劫獄吧少年，劫獄，甚至不需要什麼宣花大斧、也不需什麼牛皮刮刀。只要你心中有一念，我就能出離這血迷宮、這茫茫夜海。早就有星船待我了，只要你忘記未來這些琳琅滿目的急速時計，關閉它們的嘀嗒和呼嘯，靜心來我處，我自然有冷兵器交付給你的熱手掌。

於是我得見夏昭，這個我在上一本小說虛構的人物，陡峭如星雲的、傾斜如機場般，欻然穿出了黑暗。她的白衣足以照亮牢獄、囚路、午門、萬籟俱寂之什剎海等等。一轉眼，她在銀錠橋見我。

帶著被急促呼吸的熱氣蒸發的雪，我給她一個實實在在的擁抱，不是數位糾纏。

「你一直等緊我呀？[32]」給她這麼一問，我低頭看見自己的腳邊積雪盈尺，倒真

32注：你一直在等我嗎？

像是我等她呢。我身後那書肆已經閉門良久，黃昏下起雪來，我就在此地佇立，「豎起大衣領子的黑烏鴉們在我身邊搜巡，我的心卻像白晝的夜鶯：徘徊在一場沉默戰役的邊緣。」我想起半個世紀前的一句詩。我閉目神馳，奔走在京城的各個監獄中，直到見到她的白衣如燭。

「走啦，佢地都等佐我地好耐啦。[33]」夏昭在我耳邊說。

我沒有問她他們是誰。我果真劫獄成功了嗎？我只是緊緊抱著她不捨得放開，感受著她嘴唇縈繞的熱氣，她是一個活生生的人。我怕一放開，她就會回到那些被遺忘的史書或者虛構的詩集裡面，我怕一放開，我就會回到那個人人用腦網買賣自己的未來，民國一百三十六年，而不是此刻，民國四年的冬天。

我會繼續寫。民國七年，我在布列塔尼半島見到她，化名巴巴拉的女特務；民國九年，我在遠東共和國首都赤塔見到她，和瞿秋白一起的潛逃者；民國二十一年，她出現在上海拉摩斯公寓，我參與她與馮雪峰的激辯……

當我寫到「明天，我的床空無一人，布爾什維克屈服了。明天，巴巴拉，你將記住我，忘記他們：他們都將重生，當我們已經毀滅，火馬隱入一點落雪，星空在布列塔尼半島

33 注：走吧，他們已經等我們很久了。

上延伸。」我才突然覺悟，其實不是我，而是夏昭在劫獄，她順時間的激流而上，到達二〇四七年，把我從作繭自縛的文字獄中劫出。

她已經從文本中長出自己的意志與慾望，並且帶領我重新認識了什麼是歷史中的意志與慾望，從層層幽藍色的煙霞裡撥開我塵霾一般的眼皮，絞碎我與「未來」糾纏不清的一條長長辮子。

她也從一九六六年劫出老舍，再從那個老舍的幻影中劫出沉入虛擬太平湖的文學評論家、詩人尚小木。她告訴他和他：文字的宿命不是只有記憶與真理的捍衛，文字本身會生成歷史以外的另一歷史，你們眼前的我，就是這個出離文字掌握了主動的創造物，也是新的創造者。月光中，湖水從她們身上瀉下，如水銀般流利、嶄新、危險而自由。

## 四

時間翩翩分層，無限剖開。我看見枷鎖滑落如樹皮、如蟬蛻。我在腦網裡揮灑意碼，一如你痛擊鍵盤，一如她研血為墨，一如他她它們刻字、劃岩、雕龍……我們都會繼續寫，以劫出更多的獄中人——

我忘記儲存文檔，就闔上了電腦。也許一個錯誤操作令我們永遠停留在劫獄前夕。

是《清京暗殺考》裡寫到的盧亭傳說，像一個病毒一樣入侵了我的敘事？喀嚓，喀嚓，那人魚的上半身和下半身慢慢錯位，與大鉸剪交替。講故事的人也一樣，向左走向右走。是有什麼壓著他的同夢器嗎？為什麼乾旱的北京也逃不過被閃電洗劫一空，暴雨頃刻下得呼吸困難？

好吧，且叫我鐵棒欒廷玉，一九一〇年的一個角色。在天橋耍了一整天把式，如今好累哪，明兒一早，我就要去西直門火車站接夏昭（她聽得懂我的京片子嗎？我聽得懂她的廣府話嗎？）但今兒傍晚我先去鼓樓東大街找了老趙，還有老趙的徒弟小舒——他給自己改了一個名字叫舍予，有俠氣。不過，咱們今天不談劫獄的事兒。

鼓樓東大街的老趙，雖然大家叫他老趙，但他不姓趙。我拉著他的手跟他說我十年前畫的北京地圖白畫了。鼓樓東大街的老趙，您衣錦畫行，怎麼會知道我每個夜裡都會在積水潭迷路（他怎麼會知道我的瘦駱駝在宣武門外變成一根淡巴菰）。

鼓樓東大街的老趙向我炫耀他跟承德老欒討來的兩顆金絲大棗，我問他老欒咋樣啦？他耳背聽不清。

他突然張開雙臂就像火神廟枯樹上的那隻大鳥，火神廟下雨了金錠橋通天了銀錠橋如紙錢燒了，鼓樓東大街的老趙突然拳緊了猛爪，著我回身看看——整個北京城疊成了一巴掌大的燕子風箏，一晃眼被他吹走。暴雨洶湧，淹沒華北平原，小舒遞給我一把油紙傘。

「鐵棒欒廷玉，你是鐵獅子墳的遊俠、還是東單公園的異人？」小舒問我。

「不，我就是鼓樓東大街的老趙……」我被暴雨燒著了，像一個自焚的和尚。「師父！師父！」小舒叫喊著從噩夢中驚醒，箭衣濕個透。明兒一早，我就要去西直門火車站接夏昭……她聽得懂我的正紅旗腔調嗎？我聽得懂她的蘇州話嗎……小舒輾轉難眠。

翻個身再睡一會吧，現在是二〇一九年，不是一九一〇年，夜還長著呢尚小木。洗不淨催淚煙味道的夜行衣晾在逸東邨公屋的窗戶飄搖，像一個將要一緊身子躍上宮牆的影。我闔上二十八年後的電腦，不打擾你和幼兒的夢。[34]

2016.6.16.-2023.6.14.

34 注：老舍原名舒慶春（1899-1966），字舍予，「我想寫一齣最悲的悲劇，裡面充滿了無恥的笑聲。」是他的名句，但本小說關於他少年事跡純屬虛構。

# 魚公子

我夢見妻給我看她大學時寫的小說，有一篇叫做《魚公子》：

又到清明時節，今年真奇怪，天大旱，暮春三月還沒有下過一滴雨，加上鄰近的幾個省份都兵荒馬亂，遠方的親友們都斷了消息，真叫人心急如焚。

父親到省城收債，已經去了一個多月，日前託人帶話回來，說是盤纏已花光，讓大哥再帶些銀元上去給他，母親哭哭啼啼：「敢情不是在省城裡有了別的女人！」但也無計，只得叫家僕打點了大哥行李，陪他一同去省城尋老爺。

我趁母親不注意，把大哥拉到一邊懇求他說：「哥哥，給我帶幾本新的《良友》和《現代》雜誌吧，我那幾本去年的都翻爛了。」大哥答應了，嘴裡卻責備著：「一個女子家，看那麼多男人看的書幹什麼，看得瘋瘋顛顛的！」

大哥又去了多日，桌上還是那幾本《現代》，都不知翻了多少遍。前幾天縣女子學校突然停了課，說是我們的校花王思蕙和國文老師方敬銓先生私奔了，縣政府成立了調查委員會，把學校停頓整理。我那幾個喜歡方先生和他的新文學課程的女友，自然都被關在家裡嚴加管教，這麼一來，我們剛成立的文社也就繼續不下去了，文刊《櫻》結果還是沒有辦成。我倒好，家裡沒一個男人，母親和祖母整天忙活些瑣事，也無時間管束我，只讓我一個人在花園裡瘋玩。

前天的新聞才把我嚇著了，我正在看施蟄存的《石秀》，看到石秀殺嫂一段，膽戰心驚。突然聽到過路人和母親閒話，說道校花王思蕙的未婚夫——一個青年軍官——在城北的岳王廟把她和方先生拿到了，一槍一個結果了性命，還砍下了他們的頭回軍隊裡自首去，看到的人都說他已經發瘋了，現在關在軍隊裡，說會依軍法處置云云。

王思蕙我並不認識，但方先生是我常見的一個老師，說不上愛慕，但也十分熟悉，一下子小說裡的文字彷彿變了新聞紙的插圖，石秀變成了發瘋的青年軍官，潘巧雲成了王思蕙，方先生臉色刷白的站立一旁，嘴裡卻說著他的口頭禪：「大丈夫，有什麼不能擔當的——」話音未落，已是血污滿牆。

我鬱鬱的過了兩日，書是無心再看，園中花早已枯萎，蟲鳥也匿跡。下午百無聊賴，母親大人終於開恩：「你去鄰居家轉轉吧，千萬別走遠了。」我高興的出了門，才想起沒人能找，張鸝宜、丁小玉她們家肯定不讓我們再見面，也罷，我尋魚公子玩去。

魚公子本來叫做余恭芷，魚公子是我們文社裡給他起的雅號，純粹拿他開心。他家父余德淳是留洋歸來的開明紳士，對兒子很是放任，由得他和鎮上鄰居的我們幾個小姑娘終日嘻耍，談書論畫。因為他父親的緣故，魚公子讀了許多閒書，對新奇文藝、怪力亂神的東西，說得頭頭是道，可把我的幾個姐妹唬住了，我卻不吃他這一套。

敲開魚公子的門，把我迎進家中的卻是他母親許老師，「這年頭，你媽媽還敢放你出來玩耍？」「我不怕，我又不是大美人。」「不過你來得不巧，恭芷昨天隨他父親上省城報考師範學院去了。」他肯做這等認真的事？敢情是想借這機會到省城遊玩罷。人既不在，我卻不捨得空手而歸，許老師看出我的心事，跟我說：「恭芷房裡有幾本新書，也許你沒有看過，你不妨去看看。」

正中我下懷，魚公子的房間算是我們小小的圖書館，我最早看的一些新詩集、文學刊物都是管他借的。許老師把我引到房裡說你自便啊，遂自個走了。四個大書架塞得滿滿的，好多書我都已經看過，一些新書，幾乎都是英文的，我看不懂，挑來挑去，我只拿了一本何其芳的《畫夢錄》。末了看一眼魚公子的房間，依舊零亂，沒什麼好玩的，枕邊扔的是幾本《博物志》、《酉陽雜俎》之類的古書。奇怪的是書桌上，放了一盞我從沒見過的大走馬燈。

走馬燈洋紅色，有一尺見方，細竹骨架，蒙的是薄亮而韌的上好宣紙，並且用厚紙在面上剪黏出好多精細的浮雕來。浮雕上所畫的，盡是些匪夷所思的怪獸，叼首含尾的，可又不像《山海經》上所繪的支離突兀，它們線條流麗、姿態張揚而生動，像是天然長成一般。如此精巧，想必不是魚公子自製的，他是從哪裡弄來的這一寶物？

我不禁好奇，順手就拿起燈旁的火柴把走馬燈裡的蠟燭點著，一朵火苗撲騰一聲升起，周圍的空氣就變了水紅色，輕風如水流般至，紙雕怪獸們開始繞著火焰轉將起來，氤氳中另一個世界在浮動，真是一番好光景。仔細看，那花紋化作了波紋，波浪間開出了朵朵鮮花，再仔細看，我彷彿看見一個小人兒在暢泳……他那嘴角，似笑又像哭，我暗地一驚，慌忙吹熄了走馬燈，匆匆告辭而去。

回了家，閒坐至深夜，手中《畫夢錄》沒看進去幾頁。心中老想起那走馬燈，彷彿又看見蛟龍上下蜿蜒、麒麟聳肩、狻猊躡雲……然而它們的神情都是憂鬱深深，為這靜寂春夜助長了許多淒涼。忽想起老杜詩句「魚龍寂寞」，不外如是，只是窗外並無秋江橫亙罷了。

這夜我彷彿有夢，見我們翩翩魚公子，眼神狡黠，穿了一身白色西服，手舞文明棒，卻說是要給我表演他新學來的白蓮教戲法。我問他不是上的師範學院嗎，怎麼成了變戲法的呢？他只是衝我一擠眼。

過了第二天，第三天，我在家中再也坐不下去，央求母親放了我出門。到得魚公子家，驚見門楣上掛了一朵大黑花球。他家中一片愁雲慘霧，許老師一見我就哭了出來，「碧君，你余哥哥出事了。」原來就在兩天前，魚公子和他父親從省城回家，路過一處地方，竟然發現一個綠水盪漾的小池塘，這大旱年歲，怎麼還有這般仙境？魚公子就不顧父親勸阻，脫了衣服就下塘游泳。結果他一下水，就被長得密密麻麻的暗藻纏住，掙扎不得，竟溺而亡，連屍體也尚未找著。

我萬萬接受不了這噩耗，木立良久，無語以對。余先生過來寬慰我，「故人已矣，難過亦是無補於事。小兒生前與你是好友，羈旅中常常和我提起你，說你是個聰明女子。」我說我心中只存一念，就是到魚公子房間再看一看，取一本以前他和我常看的書以作為紀念也好，余先生也應允了。

只是兩天沒來，魚公子的藏書上卻已經布滿灰塵，想是這荒年所致，稍一開窗，熱風就夾著塵土進來。天色已暮，屋裡昏暗，我也無心細看，取了一本蘇曼殊《斷鴻零雁記》便罷。正要出房門，回頭卻看見那盞紅走馬燈在書桌上兀自亮著，也許是許老師點燃以做祭奠？我又走回去把這燈仔細觀看。這燈獨不像房中其他物件，此刻一塵不染，在暗紅中走馬……燒花……淅淅瀝瀝……

做夢似的，突然龍頭上一亮，一朵小火竄到了紙上，我急忙去撲滅，一下子把燈籠打到了地上，火順勢繚繞了整個燈籠，怪獸們在火中掙扎，不一會現出了猙獰的骨架。好一個精工細作的寶物，轉眼就化成了地上的一堆灰。我彷彿聽得窗外有一個人急匆匆走開了，邊走邊唱：「龍從水，猊屬火，小魚死，大雨落。哈哈哈哈……」

大雨落？那是真的，當我告辭余先生和許老師出門回家，忽爾一點雨啪嗒打在我額上，然後是臉上、唇上，雨線漸密，其色含灰，其味腥濁，轉瞬間世界就包裹在這一片泥塘的氣味裡了。久旱逢雨，途人都歡喜雀躍，我卻抬不起頭來，苦笑也不能，哭更無力，那腳下的泥濘彷彿千隻手在拉我。我如沉在水底難以呼吸，掙扎望天，天上惟有烏雲虯結如亂藻，看不見任何生物的影蹤、生存的氣息。

傾盆大雨一直下到傍晚仍然沒有停歇的意思，隔著窗戶幾乎都看不到五步遠的沉沉黑夜，只有偶爾的閃電撕裂那密集的雨幕。母親在為魚公子唸佛，我只陪她枯坐，我倒願意這樣枯坐到天明。突然嘩啦一聲大門被推開，進來的是我滿身酒氣的父親和哥哥，「我們回來啦！在路上買到一條大魚，給你們開開葷吧！」一條銀白色的魚被父親甩在地上，「好女兒，養好了身子，跟我上省城相親去！」

2005. 春

# 餓火——或：跳泰山的人

最近發生的許多事都讓我想起四十年前。

那時候是我們上街遊行，說要打倒某某軍閥，現在是許多紅衛兵天天遊行，叫喊著要打倒我們。那時候我們是為了拯救這個國家而革命，現在，他們是為了革命而革命。

十年前，目睹著當年一起從戰爭中挺過來的同志們紛紛被殘酷的政治鬥爭打垮，我們就已經從渴望革命的夢中破滅，退出了所有敏感的團體、職務，躲在這個小小的古代文學研究所裡，重拾舊專業，埋首故紙堆，希望能躲過革命風浪的淘洗，然而，終是躲不過。

這個月，煒德已經被拉出去批鬥了六次，連續好幾天，他都是被打得眼青鼻腫，半夜裡一瘸一拐的摸回家，他脖子掛的牌子上的罪名，也從最初的「反動學術權威蘇煒德」發展到現在的「反革命特務頭子蘇煒德」。有一次，他沉默地坐了大半天以後，突然平靜地看著我，慢慢地說：「楊蓮，我要自殺，從這六樓跳下去，一切就都乾淨了。」而我，只能躺在床上掉淚，我的病已經很重，沒有醫院敢接納我，一個大右派的女兒，我現在也僅懷著一死之念苟活而已。

煒德不會自殺的，我知道，為了我，也為了他自己的信念。他只是越來越沉默，越來越沉默，為我煎藥、擦汗。長期睡了醒、醒了睡，我的意識混亂、一片空茫，彷彿一個被蜘蛛遺留在深林裡的大蛛網，許多事物在上面相黏連如迷宮小徑，漸不辨本來面目了。只是，每次煒德說到死的時候，我總會清晰地想起四十年前一個年輕的死者，有時，我甚至會後悔，當年為什麼不隨他一起死去。

那是一九二五年的夏天。國事蕭殺，人心思變。我和煒德剛結婚不久，為了躲避日益高漲的白色恐怖，我們借住在上海法租界，一個外國友人回國後留下的空屋裡，我寫我的小說，他則翻譯一些西班牙、波蘭等國的浪漫主義作品，一來賺點稿費餬口，二來也隱晦地抒發自己快要窒息了的血性。我們彷彿離十里外時代的大潮越來越遠，日子平靜得只剩下了夏夜院子裡的蟲鳴。

但不知怎麼地，還是有一些人知道我們的行蹤，找到了我們的聯繫，其中一個是我的大學同學沈媛，她父親好像是一個大買辦，恰巧，她現在也住在法租界裡。一天，她差人給我們送來一張請柬，說是和法國人「梵樂希」訂婚，藉此搞一個派對以讓舊同學見面云云，末了叮囑一句：「請務必勸說蘇老師同來。」煒德說：「我沒興趣去。」是啊，這資產階級小姐的沙龍必定庸俗乏味透頂，但是「舊同學」三個字吸引了我，說不定有我想見的人？

於是那個黃昏我就一個人坐人力車去了摩羅街二十八號沈媛的公寓。「天真可愛」的沈媛幾乎是跳著迎出來擁抱我，

「噢，可憐的小蓮，我差點以為你被反赤化的人捉去了呢！」

「不會啊，我只是……」

「噢對了，現在應該叫你蘇太太了，哎，蘇老師呢？」

「他有點感冒……」

「噓——不用解釋，我明白了，他的身分更特殊，放心，我不會說出去的。」沈媛還偷偷向我擠了一下眼睛。接著她帶我見了他的未婚夫，梵樂希先生，竟然是個大鬍子中年人，頗有城府且稍微傲慢，真讓我聯想起他的同名者、法國詩哲梵樂希來了。

我幾乎是最後一個來到的人，公寓後面張燈結綵的小花園裡好像已經高朋滿座，煙霧瀰漫、杯觥交錯，我的恍惚病又犯了，眼前人都像鬼影似的，看得我心頭一緊。

我一邊和沈媛的父母應酬，一邊在人群中尋找相熟的面孔。沒有，好像一個舊同學都沒有，所有人我都不認識，更奇怪的是所有人，不管是中國人還是洋人，都穿著前清的衣裝，有的女人還戴著長長的銀指甲、搖著團扇，難道這是一個化妝舞會？沈媛好像沒有在請柬裡通知我啊，害得全場只有我穿著正式的小洋裝，不知所措。

幸好，好像沒有人注意我，人們和我擦肩而過，把我當作空氣似的。我看他們更像空氣，臉上的笑容堆著厚厚的粉，隨風起皺的青竹布長衫下，彷彿只有一個木偶的骨架，我神經質的幻覺還讓我差點以為看見了牽扯著他們四肢的銀線，高高的，由那夜當空明月上的某人提拉著。他們說的也都是些陳舊過時的事兒，什麼庚子賠款、什麼黑旗軍、什麼白蓮教某某的。我禁不住要當眾打一個呵欠。

但終於給我找到了一個同類者，他那一身黃褐色卡其布軍裝在那些青白絳紅的幻影中間很是突兀。

「楊蓮！」想不到他先來跟我搭訕，微黑的臉膛，炯炯的目光，笑意稍有點羞澀。竟然是他，鄒子慕，我在滬大念國文系時的師兄，我只是在幾次遊行中見過他，遠遠凝望過他那清瘦似刀的身影，有人介紹過我們認識，也僅止交談片語，想不到他竟還記得我的名字。他變了，據說他沒有畢業就投筆南下從軍，作了一個不小的軍官，現在看他英姿颯爽，沒有半點書生氣，儼然一個少帥模樣。

我們避開已經借醉起舞的紳士淑女們，在花園一角覓了兩把椅子坐了，他向我描述了他的從軍史，包括某些杯酒釋兵權的故事、亂兵中化妝潛逃的故事、和女間諜的豔遇故事等等，也不知道幾分真幾分假，我都聽得很認真，好像將來能用作寫小說的材料似的。

他其實早已有些醉了，手裡還拿著一瓶威士忌，不停地往他的杯子和我的杯子裡添酒。我的酒量本來並不好，那晚在他的興奮感染之下卻不知不覺喝了一杯又一杯，但是奇怪的是，我非常清醒，好像喝下去的只是清水而已。

那晚的月亮在中天徘徊不去，沒有一絲雲彩遮掩，如果我沒有記錯，那是那個血腥的年代來臨之前，我最後一次看到的如許清朗的月亮。月光如細刀，鏤刻出鄒子慕青青短髮，短髮下沒有遮攔的目光，微顫的嘴唇，緊握酒杯的五指修長。我仍然為他所著迷，月光想必也暴露了我，雙眼間那熾熱的憂鬱。

突然他攥住我的手，然而又放開。

「楊蓮，我必須告訴你我的一樁心事，」在那個時代我們早已習慣種種激情的告白，但那晚子慕文藝腔的告白還是顯得非常突然，「我曾經喜歡過你，而在軍隊的五年裡，常常想著你，常常是剛剛回到營房躺下，你的幻影就出現在我的眼前，我甚至懷疑我現在事業的意義，後悔過早的告別了我們能夠共有的青春，從未品嘗戀人的美、愛情的輕柔，就被傾軋到了時代的巨輪之下。

「我後悔我一直都沒有告訴你，我對你的愛，」他低下頭又抬起，目光卻像越過了我，望著不存在的遠方，「但我想現在也許並不太遲。」

連我的記憶也不禁苦笑起來了，大學時的我僅僅是喜歡過他而已，萬想不到，他竟然一直暗戀著我。我並不完全相信他的話，更願意理解為那是酒後的迷亂之言，雖然我的心也為之驚喜，乃至有小小的傷心。我不得不告訴他，我已經和煒德結婚了。

「蘇煒德？是教我們英文的那個年輕的蘇老師嗎？」

他的醉意好像被全部驅散了一般，彷彿自言自語似的，他說：「恭喜你，蘇老師是個好人，如果我曾經知道過什麼叫『理想』的話，那都是他教給我的。」

這時別處傳來沈媛喚他的聲音，正好給了他一個下台階。少年維特般的鄒子慕又恢復為英雄軍官鄒子慕，他起身開玩笑似的向我行了個軍禮，便完美地一百八十度轉彎走了，留下只一個萬般苦澀的笑給我。他旋即融入花園中央銀光熠熠的人群中，為他們的舊世界再添光輝，他們擁抱、握手，談吐然而無聲，他們來回如像朵朵絹做的宮花重重疊疊綻放、又枯萎，那些美姿容，彷彿有毒的啊……就在這時，我的醉意恰到好處地洶湧起來了，睡眼唯見良辰美景，清輝似雪片片。

回家後宿醉令我頭痛了幾天，也許還有對鄒子慕的回憶在作祟，害得我總是心神不定。那事我沒有告訴煒德，他卻大致猜出了一二，「是不是見到舊情人了？」有時他挖苦我兩句，我就跟他小吵一架，也甚無聊。慢慢的，我們都把這事忘了，直到幾個月後有一天，我收到沈媛轉寄給我鄒子慕的一個小包裹。

包裹打開，裡面除了一本薄薄的小書別無它物，也無隻言片語。小書是一本詩集，名叫《餓火》，詩潮社出版，作者正是子慕。封面是一片青，用藏黃色在左側印了一朵猙獰的火苗，扉頁上有毛筆所書「楊蓮君存念　子慕」一行小楷，內裡收詩不過十五首。

收到書時也是一個黃昏，但季節已經是初秋，落葉滿長安之時。我和煒德吃了飯，忙完家中瑣事，便把自己關在房間裡細讀這本詩集。這本詩集寫得非常好，也許是那個時代最純粹的一本新詩集，首首皆沒有小我之恩怨（我想找出一首是寫給我的情詩，但也沒有），有的只是時代之痛苦，篇篇暗含家國之諷。

我懷著黯淡的情緒讀完了前面十四首，讀到最後那首我竟欷然淚下。那是一首僅有八行的詩，名字叫做《讀中唐史》：

突然半夜裡下起雪來，
有人在青色的雪地上易子而食。
去年今天，我在這裡
為將死在返鄉途中的長官寫過一首壯行詩。

叛軍打著火把走過江邊
走過我的身邊並唱著胡人的歌。
唱就唱吧，反正我也聽不懂，
如今我的白衫破爛但我更像一朵花了。

子慕的形象一剎那又全然綻放在我心胸間，他既是困頓於時局的國民黨軍官鄒子慕，又是中唐時期半夜混跡於流民間的落魄詩人鄒子慕，那人相食的慘劇從史書中也從桌上油墨未乾的新聞紙上對荒年的報導中向我呼號而來。我不知道子慕現在在哪裡，在幹什麼，我反覆沉吟這一首詩，不覺已經滿面淚水。

煒德在隔壁書房聽到我的哭聲，走過來陪我靜靜坐著，彷彿他完全明白發生了什麼事。小屋的電壓不穩，電燈一明一暗的，最後竟滅了。滅了也好，黑暗中我能聽見煒德沉重的呼吸，他向我靠過來……那晚我們一次次的做愛，他彷彿要攫取我全部的悲傷，我們從來沒有如此猛烈，秋風破窗而入我們仍汗水淋漓，我知道，非如此我們不可抵禦那莫大的恐懼和悲哀。

我夢見那是在古代，也許是中唐也許不，大戰場上黃沙遍地，沙中也許有血、有槍、有骷髏亦未可知。有一道長長的鐵柵欄把我們和戰場隔開，這樣一來戰士們就猶如籠中鬥了，和我一起隔欄觀戰的數十婦女也許是戰士們的戀人，亦未可知。但是現在大戰場上只有一個瘋狂的兵士鄒子慕獨自前行，他披短甲、擎長弓，除了腰間別的六支長箭，並無刀劍隨身。他顧盼自雄，彷彿天下仇敵均已蕩盡，現在就等著躲在層層烏雲中間那烈日出來飲他的血似的！

烈日並不出來，於是他拔出第一支箭，滿弓射出，遠處便有戰將應聲倒下，接著他射了第二支、第三支、第四支、第五支！箭無虛發，埋伏的狙擊者紛紛倒地。千萬別把箭都射光啊，這是他們的詭計你不知道嗎？我焦急得高聲向他叫喊，可是我的聲音像被凝滯的大氣所阻擋、消解，便是我喊出血來子慕也不能聽見，何況我看見他的笑容已經迷狂，被死神驅使的步武竟如舞蹈一般。當他最後一支箭射出後，好像聽了這箭嘯為令，所有埋伏的騎兵蜂擁而出，餓鷹般向子慕撲來，他瞬即被白刃淹沒。

我竟隔欄目睹了這一切。我竟陷此噩夢中無法救他、救我出來。

第二天我差一個熟悉的車伕送一封信到摩羅街給沈媛，表示收到寄書、感謝，並且向她詢問鄒子慕的現況如何，但那車伕去了半天回來說摩羅街二十八號沒有這人，是不是太太您記錯了？奇怪，我本來還想什麼時候親自走一趟去找找的，但時間一長也就忘了，信也弄丟了。

日子如是長流逝，在那個噩夢的陰影中我慨慨度日，但是此後發生的事情，比夢更離奇，至今我自己仍不能解釋。

已是深秋的季候，上午我和煒德相對讀書，窗外陽光稀薄。我看的，好像是廢名[35]的《竹林的故事》。突然傳來敲門聲，我還道是送信的人呢，煒德起來出去開門。一會兒他進來，說：「找你的，是鄒子慕。」

果然是子慕。他穿著一身發白的軍服，帶著硝煙的味道，從容地站在我們家門前，並沒有要進來的意思，他看見我，嘴角微笑了一下。

我心不禁悽然，伸出手要去擁抱他，他卻退了一步，躲過我的手。

「你不能碰他的，」煒德好像什麼都知道，語氣非常平靜，「他已經死了，只是趕在魂飛魄散之前，來見你最後一面。」

35 注：廢名（1901-1967），京派代表作家，周作人的弟子。

我全然無措，甚至聽不清煒德說的話。

子慕還是微笑著，並不嚇人，他的面容、他的衣服，比全世界的人都要明淨，他伸出手指向馬路，彷彿是邀我跟他走。

我明白他的意思，回頭看煒德，煒德說：「你跟他去一趟吧，他不會傷害你的。」說完就背過身去。其實我的雙腳已經不由自主地跟著子慕走了。

我們去的地方，說出來真是匪夷所思，乃是山東泰山。我完全不記得我當時是怎樣跟著作為一個鬼魂的鄒子慕，坐了一天的火車，又坐了一天的汽車才到達目的地的。

一路上，子慕沒有跟我說一句話，只是通過眼神和幾個動作讓我明白他的意思，大部分的時間裡，他只是默默看著我，他也不吃飯、不睡覺，晚上他坐在我的床邊，白衣白褲彷彿發著微光。太多不能解釋的事了，比如說：當時時局混亂，我們是怎樣馬上弄到車票的呢？別的乘客們能看見子慕嗎？……當時我的記憶和理智真是一片空白。總之，我們最後平安無恙地來到了泰山腳下。

一下車我們就徒步登山，想必我當時一身風塵，又常常對著空氣說話，也沒有滑竿挑夫敢來向我招徠生意。於是子慕大步流星的走在前頭，我緊緊跟著，雖然我是天足女子，還得過學校運動會的跑步冠軍，還是追不上子慕的腳步，因為他彷彿是毫無重量的。子慕只得常常停下來等我，卻仍然微笑著。

不知道走了多久，山上雲聚攏，又散去，日頭在雲霞間隱了又現、現了又隱，當我們爬到一處山頂上，已經是暮色初染，諸峰入靜。子慕停下來，風穿過他彷彿無物，卻把我的旗袍吹得獵獵。他終於向我開口說話，「楊蓮，謝謝你，陪我走了這麼長的路。」說罷他揮揮手，唇間擠出一個最絕望、然而又是最寬容的微笑，隨即躍入萬仞深谷。

我並不驚訝，因為我早已猜到這個結局。

在山腰的道觀借宿一宵後，第二天我就下了山，給煒德發了封電報，便日夜兼程的回了上海。煒德到火車站來接我，並無責備我半句，也沒追問這幾天發生的事，也許他一切都知道，只是怕刺激我不敢多說罷，直到我自己把事情都告訴他，他也微笑著，不置可否。如是光陰荏苒，最後把一切都磨蝕，四十年如一夢過去。

這兩天我很想把鄒子慕的詩集找出來重看，卻怎麼也找不到，煒德說也許是紅衛兵抄家抄走了吧，心裡很是堵得慌。半夜裡失眠，我就和煒德重提舊事，說一個鬼魂為什麼要去泰山再死一次呢？煒德半睡半醒，不耐煩地跟我說，那只是我的夢。

「泰山，泰山石敢當，泰山石敢當……」煒德在他的夢裡喃喃。

我不知道我們能否熬過這個冬天。

2005. 夏

# 將軍的頭

他們圍聚在病床前，雖然只有一盞暗黃的燈，我看見周圍卻一片明亮，簡直像在一場大雪中間——不是北方的雪原，而是西南高地上突然的落雪，一下子罩住了所有凌厲的絕望——銀雪深深寫殘史——我記得這句詩。

現在我豈不也身處一片殘史之中？

我跟他們說不要緊的，我一點也不痛一點也不難過，我平靜如胡康河谷的一個個同袍的白骨。

他們聽不到，查媛在哭，有時我也聽不到她的哭聲，國家像密林把我們包圍，時間點滴如血蛭，在四周揮之不去，我知道要用火燙，可是那裡有火呢？這個國家哪裡還有一把火？

「輸液[36]後他的情況穩定多了，你們休息一會吧。」護士過來說，說罷她自己回去睡了，英傳和查媛沒有睡，睡吧睡吧，我本來三十年前就應該睡著了，這是時代的失眠症把我魘著了，可是我喜歡這種驚醒，不斷驚醒。

十多歲到雲南的時候，我天天夢魘，縱使那天地是國破山河在、城春草木深的那種自顧自的美。

---

36 注：吊點滴。

春色如飲鴆，一個聯大的同學如此寫道，寫得真好。我常常在雲南的春色中夢見大雪，一如北平的歲暮，人抬頭看不見兩米高的牆頭，灰的牆混淆著灰的天，也許有穿夜行衣的俠客已經等不到夜色掩至，在牆頭淅淅行如細雪。

雪還沒下，夢中我以為自己在大理古城，偕女伴躲藏壞天氣的催迫，沉重喘息，城中無人，獨是人間劇社草草搭就的那個劇院開著門。殘破的海報寫著《將軍底頭》即將上演，我們閃進去覓一角落蝸坐下來，沒有其它觀眾。

「我的頭呢？」一個白盔戰將踉蹌登台，他脖子上有一個頭，手中又擎著一個頭，可是他還在找他的頭。兩個頭一個化的是孤鸞妝，悽然流青淚，一個是鷹揚妝，寂然空漠，兩頭相對開口卻無言，咧嘴作互噬狀。往左顧是苦結之河，往右是鬼窟之山，舉目是冷星如弈棋，低頭是枯枝作亂劍。

兩個頭被他拋球般輪換，忽哭忽笑，最後凝成一個大痛苦的表情。時有唸白自虛空中傳來：

……抉心自食，欲知本味。創痛酷烈，本味何能知？……

……痛定之後，徐徐食之。然其心已陳舊，本味又何由知？……

……答我。否則，離開！

可是你知道他不是魯迅先生。你隨他的手指看去，那手頓變作枯骨，然後變成夾竹桃燦燦，你看見繁花取代了落雪，中間一丘，有碑，碑上書：你之墓。你一驚、一摸自己的頭顱，只摸得碎花片片，重如錦官城。

這不是夢吧，是在胡康河谷在騰衝還是勐臘？[37]密不透風的藤林巨樹底下，人敲打著濕透的火鐮也難見五指，我嗅聞著腥甜的氣味而行，水淹到了盆骨，不時有手在水底下拉我，有手在水底下屈指算著那些被取消了的番號，有頭顱枕上了我的腳背，彈孔如星星還在他的太陽穴處閃爍，有鬼在水底下辯論：哪天我們到底聽到的是杜將軍的哭還是李將軍的笑？是李將軍的長槊折斷還是杜將軍沉炮毀車？

我掉隊已經五天，五天沒有吃一粒米感覺自己是從恆河飛來的燕子用左翼划著圓形同時用右翼划著方形但是知道哪裡是印度哪裡是身毒哪裡是交趾[38]哪裡是越南哪裡是緬甸……

「歡迎你來，把血肉脫盡。」這是一句詩嗎我聽見芭蕉葉在朗誦我聽見更多我根本不能辨認的樹木與蟲豸在朗誦，「歡迎你來，把血肉脫盡。」眾聲嗡嗚，時又像南開中學合唱團演唱的國殤之歌，時又像昆明教堂裡的唱詩班。「歡迎你來，把血肉脫盡。」

37 注：胡康河谷位於緬甸北部欽敦江上游地區，騰衝市位於中國雲南中緬邊境，勐臘鎮位於中國雲南西雙版納傣族自治州。

38 注：身毒跟交趾是中國對印度和越南的古稱。

我突然又聽見森林像楚地的山鬼在吟唱：

「誰焉知我兮匿彼方，我大如海兮翼風揚，群葉森森兮如齒長。
誰聞我嘯兮嘯無聲，任我醉寐兮爛且深，自釀自灌兮獨我心。
涉山且谷，沼污且陸，仙侶既去，人何將復？
幽徑長埋幽篁兮，元初麻麻密布元初。
雲來去兮失華蓋，錦交織兮毋相礙，我既生兮潛自在。」

而作為響應，那蛇窟下趺坐的骷髏也吟詩一首：

「褪吾文亦脫吾敵，青藤累葉夭吾世。
草花蟒蟲亦吾鄰，猿嘯象哀皆吾泣。
渾沌生息夢難通，獨我行道擾物齊。」

「歡迎你來，把血肉脫盡。」我所不知道方向的喃喃彷彿黑樹中間的黑色在移動在凝神窺我，並且如影隨形地冒充另一個我自己，它愛上了我用一股洗不淨的墨色在我的裸身上刺青，它鎖緊了空氣把我放飛如不能呼吸的魚。

森林在吃著森林，是一個神吃著另一個神的慧根，它說不需要慧根只需要死的預兆，死的預兆是這裡生生不息的精靈，那精靈直接從我身上走出來，留下我就像那魚尚未帶走的一聲咒語。

其實森林在移動甚至不用躡手躡足，它想帶我越過一個關卡，那曾經被叫做磨盤山銅壁關甚至骷髏門的地方，如今我們叫它蝴蝶谷。幾百年的冤魂全部變成它彌天大翼上的小花紋，隨心而盪漾，盪漾在我即將永別的身軀之上。

我學會了看因為我的眼眶中已經沒有了眼睛，眼睛中沒有了那個划船的小人；我學會了夢因為夢的邏輯像拓撲之蛇首尾相噬；我學會了言語因為我沒有了燦花舌和甘露齒。我剖開眼前這一具屍體，發現了一個新的星球，它剛剛開始用象形文字寫它的創世紀。

於是我為自己準備了一首葬歌，我倒下時是一個古老的嬰兒在倒下，是一個南明的浪蕩兒在瘴癘鄉倒下，是一個黃埔十期的優等生在榮光和血水中倒下，是一個詩人在自己的詩句中倒下。我曾窺見光明，我曾被天上的黃金命令歌唱。

這是騰越還是勐臘，是景線還是胡康河谷？我醒來時劇場的燈已全部熄滅，身邊的女伴消失了，雪粉點點滴滴從大棚的縫隙灑落觀眾席上。我再醒來，沒有劇場，沒有雪，沒有國破山河在，也沒有密林深鎖、泥水淋漓，我躺在一片荒地上，寸草不長的荒地，只有螢火蟲微光閃閃，我摸一摸我的頭顱，尚在。

這片荒地竟然有點像我在大理人間劇社的《將軍底頭》所見舞台，唯獨我不是尋找頭顱的演員而已。荒地的中央也有一墳，墳前立碑，上書「李將軍之墓」，碑的背面刻兩首詩，格律不通，晦澀難懂，卻有令人過目不忘的凜然之氣。

白衣黃帶魅相隨，窮山躍磷咽寒水。荒徼潦草書一盡，銀雪深深寫殘史。

平生夢失李將軍，斷臂噬心炭火吞。獨攜明鏡鑾鄉睡，躡足玄河靜如雲。

撰文者也許是另一個我，三百年前一個隨軍書生，其實只是走火入魔的一個鄉村謀士也許。窮途末路，還哪裡顧得上講究格律平仄，他說我就是李將軍，末代皇上的幽靈跟隨著我來到這個鬼地方，是要叮囑我寫好本朝最後一頁的歷史。

在一夢接一夢的疼痛中，我失去了自己的身分，也許我也是李將軍，收拾殘部待命於這生死場，卻只等來了皇帝遇弒的最後打擊，唯祈禳速死而已。

此時我吐血三口，腳步凌亂如病象之將傾。是的這時我只想起我失散在順德戰場上的十四頭戰象，他們矯鼻如橫槊，深目落寞，在遠離故鄉的南粵一隅他們龐大的重量竟散佚如煙。

事既如此，秉天命乎？逆天命乎？在這個被遺忘的舞台上誰是猛虎將軍李定國？誰是忍無可忍出袖中錐擊殺緬兵的沐天波？誰又是著白衣束黃帶寫一輩子罪己詔的永曆帝？

「寧葬荒徼，無降也！」我的遺囑被背叛了，我也知道我兒子將降於我的仇人得以加官進爵，我的幽靈三遷其宅最終竟屈就與順天府，咄咄怪事！那人在台上大喝一聲，再回頭——不，已經沒有了頭。布景隨狂風擺動，叢林颯颯移動它的重騎兵團，將軍彎下身洗肩上的血污，在這條他始終未能度過的金沙江上，他當然看不到自己的倒影。

其實破敝的舞台上，現在已經張燈結綵，紅布圍了五重，四個洋人頭像和一個陰陽人一般的胖子的頭像，陰慘慘地俯視著台下。一群穿著黃軍裝的毛頭小子正忙上忙下張羅著會場，不知道是誰的批鬥大會即將召開。

我心頭一驚，不顧病骨瘦痛，摸來雙枴踉蹌著匆匆離開，這時一把有力的手攙住我，是一個比我老的老人。這不是南京大學錢海岳先生嗎？「您老人家，不是一九六八年去世了嗎？」「是啊，小查，他們說我修南明史、研究鄭成功是在歌頌蔣介石，把我拉到明孝陵推下去摔死了。」

我們都看不到自己的倒影。我站在劇院外，看不見紅衛兵了，錢海岳老先生也不辭而別，灰色的身影消失在愈下愈密的大雪中，遠遠傳來他的聲音：「後會有期——」雪下得天羅地網似的，我連三米外的道路都看不見，跌跌撞撞向前摸去，好好的一個老城凋敝不堪了，它將沉淪如這整個中國，沉寂如血戰過後的胡康河谷，「沒有人知道歷史曾在此走過，留下了英靈化入樹幹而滋生。」我沉吟著這兩句不知道是誰的詩作，一頭撞進了一家黑店。

說是黑店，因為它裡面只點一盞豆油燈。

兩個廚師都蹲在灶台後面忙活，我吆喝了好幾句，一個山羊鬍子的小胖子探出頭來，另一個山羊鬍子的瘦子也探出頭來，「只剩下白飯一碗了，要不要？」胖子不待我回答，就把一碗壓得沉沉的白米飯塞到我手中。

「快把它吃完，碗底下有羊肉和蘑菇哩……」一個小孩壓低了聲音，原來他不知什麼時候乖乖坐在我膝蓋以下的小板凳上了，就好像我是他的爸爸。可是他的話被瘦子聽見了，瘦子衝我眨眨眼睛：「吃完還有神奇的植物。」

神奇的植物來自金三角，那是我最熟悉的地方。小胖子看出了我的疑慮，只一個勁叫我快吃快吃，「吃吧，吃完我們一起去翻雪山。」

「於是我感激地把它拿開，默唸這可敬的小小墳場。」

一九七七年二月二十六日，詩人逝於天津總醫院。

2011.12.11-12. 凌晨

# 孤城變

舉袖暫為別，千年得復來。

——明・楊漣

一九六九年，還是一九七〇年？我隨工農兵考古隊在潼關以西一帶的荒野考古，發現一個孤城的遺址，城內殘餘古物除了兵器炊具，還有一個卷子，草草記錄了孤城最後的故事。我在繁重的政治學習之餘抽空把它整理了出來，迅即被隊裡小領導上交邀功，隨之下落不明。今天我和你們口述回憶錄，這一段應該是最重要的一章，畢竟，我是把故事裡的故事當作我自己的經歷記下來的。

說的是一六四五年春，南明弘光朝亂世，孤城「翬」被李自成軍餘部和清兵輪番包圍已經近一年，竟成了大明在西北最後一處領地。翬城守將何柊借天險守城，也被天險隔絕音書，不知江山變色，徑向北京求援，當然渺無回音。

何柊繼而向南京乞兵。南京阮大鋮時為兵部尚書，自詡慕俠，豢養許多高手，並重建了錦衣衛。那是他生命中最後一年，風頭無兩，尚未聞到一年後自己坐死枯石上的屍臭。

接到翬城來書之日，阮大鋮剛好給他的詩譜就一個新曲子——「愁思如芳草，春來日日生。煙花迷令節，烽火掩孤城。鄉夢啼鶯斷，微生旅燕輕。遙憐故林竹，新碧欲何成。」他自我感動得涕淚滿袖，轉而又慷慨激昂，怒曰：欺我大明無人耶？

待氣喘稍定，雖然阮大鋮忘記了翬城孤懸西北荒涼無援之地，卻沒有忘記占卜，白鴉師為他拈得一字：豔。拆之，有一俊美刀客來自酆都，姓芳名椿年，近也。

於是南京方面派出武功高手錦衣衛頭目芳椿年率精英小隊前往翬城救城，據說還動用了某種奇門遁甲符水揮灑，千里路途一夜便至。不過符水幫忙僅僅到城下為止，曙色驅散迷霧，翬城四周十餘里已無人煙，芳椿年的小隊一下子陷入了敵軍包圍。至於敵軍是闖賊殘部還是滿洲韃子，卷子裡竟也語焉不詳，也許是為了避諱文字獄吧。

血戰一整天後，敵軍突然鳴金散去，只留下滿天血污塵煙。芳椿年收刀入鞘，四顧茫然——二百精兵蕩然無存，僅餘芳椿年一人，連戰友的屍體都不見了。

還好有朝廷的符令在。芳椿年高舉令牌踉踉蹌蹌，城門為他開了一小道縫，閃身入得翬城之甕城，戰火的餘溫尚在，此間倒是屍首狼藉不分敵我了。出來迎接芳椿年的不是翬城守將千戶何柊，僅是一少年，自稱鎮撫夏侯甲。夏侯甲細說守城慘史，何柊早已率一家自縊，士兵大多戰死，餘下不足百人老弱傷殘。

我心忖：芳椿年啊芳椿年，你這不是找死嗎？但我看夏侯甲英氣滿面，吞吞吐吐有話要說。

有什麼話小英雄不妨直說？

我有一奇招，不知大人敢用不敢用？

說！

鞏城獄中尚有三人未死。此三人乃洮州反賊，數年前由錦衣衛押送回京城，路過此處押送者聽聞闖賊將至，竟連夜作鳥獸散。三人重枷深鎖，困地獄中，倖免戰火，此刻傾亡在即，何不讓他們戴罪立功？

三名蝨賊，能做何用？

長官有所不知，此三人乃洮州三煞，名叫白饕餮、白商量和白躊躇，躊躇用錘，能開厚甲；商量善射，一箭雙鵰；饕餮空手入白刃，嗜噬人頭，聞其風喪人膽——

你這說得像小說家言，我姑妄聽之。

姑妄不姑妄也好，芳椿年也沒有其他計策。只得從了夏侯甲，開了地牢釋出三煞，奇怪的是三人細皮白肉，一個比一個秀美，簡直像三個戲子。夏侯甲送上城中最後一匹瘦馬，煮了一鍋，五人一掃而盡，無酒也作醉狀，遂開了兵器庫，勉強裝備一身，趁夜色殺出鞏城外。

此番奇襲，卷子中只紀錄了「所向披靡」泛泛數字，敵軍有幾人，敵營有幾重，多少人死了多少人逃遁，無從知曉。芳椿年如大夢一場，只有染紅了的手腕告訴他他的繡春刀砍殺了多少頭顱；回頭一望，夏侯甲的一柄長槍也是污血淋漓，在他顫抖的手中幾乎要滑下來。

那三位呢？白躊躇的白鐵錘上白花花，都是腦漿。白商量的右手食指和中指上皮開肉綻。白饕餮低垂著頭，看不清他的表情，只見他雙肩急促起伏，發出一陣不知道是滿足還是恐懼的長歎。

遠處的圍城，依稀有了點煙火，也許百姓知道了重圍暫解，又可以喘息殘存一陣子了。五人還沒有打算回去城裡，繞著戰場躑躅不已。不覺走到一個谷中，剎那間萬籟俱寂，似是欲雪天氣。我心頭一陣緊縮，夏侯甲想必也感覺到了我的緊張，湊過頭來。

夏侯小兄，你我私釋重犯，按大明律例，罪無可赦，但我必須先把這三人處死，以報朝廷，其後我為你頂罪。

朝廷？朝廷還在嗎？聽說皇上已經在煤山上吊了。

大膽！

小的明白，沒有了這個朝廷還有那個朝廷。

零零碎碎的春雪飄落下來，像我早死的三個姐姐的幽靈。

那一年酆都大旱，戰火稍息，父母隨軍遠征未還，我只和三個姐姐隨著老祖父廝守莊園。

大姐燁，年十六，所許良人往京城赴試，殞於途中；她終日授我詩詞，皆是悲曲。二姐瑛，年十四，從戲班子逃回家來，背上滿是鞭痕。三姐祺，年十三，幼已癡呆，笑容常掛臉上。

我僅七歲，老祖父教我魚麗刀法，可惜我沒有見過游泳的魚，我把柳條當成魚，游刃期間。

但西北流竄來的那一支所謂官軍「回防」酆都的那天，祖父把我牢牢鎖在西廂房地下的暗房兩日兩夜。他放我出來的時候，我分不出天色是早晨還是深夜，四周都是火焚的糊味，祖父看著我說不出話來，隨即一口血上湧，倒下在我身旁。

他的手還緊緊攥著一把他從戚家軍退役時帶回來的長刀，我掰了很久，才把刀轉移到我的手上。

可是要復仇的人早就不見了。三個姐姐也不見了。雪地凌亂，根本看不見她們的小腳印從哪裡消失，從哪裡騰空，化作一場新雪。

後來我在南京讀到阮大鋮尚書的一首詩，叫做《洮州健兒行》，不忍卒睹。

洮州健兒騎大馬，道逢高軒不肯下。擊鮮賭酒刲牛羊，芻粟紛紛掠原野。頭白老翁驅負薪，小姑小婦令抱衾。酣歌大嚼意不足，抽刀橫索床頭金……摐金伐鼓聞雷坪，高牙大纛呼將軍。坐看部曲擇人肉，充耳銜枚如不聞。

我早死的三個姐姐的幽靈，希望你們安息。

我向夏侯甲使個眼色，他心領意會，著白躊躇、白商量隨他避入林中，說長官要和你們大哥談談向朝廷討賞的事體。我也將計就計，把瘋瘋癲癲的白饕餮攬將過來，雪越下越密，他的青絲變了白髮，他的窄肩彎曲，垂落如我火中掙扎的妻子的幽靈。

三年前我的詩人岳丈被抄家時那一場大火，不忍卒睹。

岳丈家中的珠寶字畫都已經被邊城的守衛搜刮一空，我的「同袍」、這些「西北健兒」根本不懂岳丈的收藏精華就是他死死坐著的樟木匣裡那些唐宋刻本——遂一刀砍在岳丈膝蓋上，把木匣扯出來，故紙飛散一地，岳丈竟然心疼自己的血染污了幾本唐人集子，嚎啕大哭。

那幾個小崽子看不是珠寶，一氣之下要放火燒書，岳丈抱著他們的腿苦苦懇求，說你們拿去吧！這些書比黃金翡翠都要值錢，千萬要把它們流傳下去啊！但晚了，火鐮子一蹦，火海迅速席捲書房。

岳丈還想撲火，一看火勢如此，索性閉目趺坐書頁之上，瘦軀挺直如一支筆。我被五花大綁，脖子上架了刀，只見我妻慘叫一聲撲向老父要拽他出來，分不清是血污、火焰、瀲灩昇騰的紙燼……還是我送她那條榴花裙上大朵大朵張牙舞爪的連環之花，盤旋鎖緊了她的青踝、素腰與深骨。

她的櫻唇微顫無聲，像吞吃著花瓣，這是我僅僅吻過一次的雲，一眨眼，化成煙。

我寧願那只是一場夢，她們的幽靈和火焰都如水清涼、漂遠，永遠不再回到這大明朝。

而現在這蒼然的幽靈，他以為我要親他那血唇一口。

我左手一扣他後頸命門，右手一翻一抹，我的刀還沒鈍，這顆頭顱笑著離開了它的身體，猶如瓜熟蒂落一般輕巧。我拎起他腦後長髮，舉之齊眉，借雪光細細端詳。這白饕餮雙眼不瞑，睥向空中，也並不要和我對視，只有血蜿蜒而下，從我的手臂流入我的袖中，我的胸前護心鏡下面，那血是滾燙的，讓我好不溫暖，簡直要哭了出來。

我以為他要親我以那血唇一口。

突然，芳椿年向後一仰跌倒在地，白饕餮的頭纏咬著他的嘴巴、下巴、咽喉，芳椿年的刀徒然朝著落下的片片雪花揮舞。一陣亂雪，林中衝出來三人一哄而上，刀錘齊下。芳椿年，雪中寫一個豔字，筆畫錯落不可辨別。

殺死了朝廷命官，倖存的三武士離開了孤城——後來我在《小腆紀敘》裡見過夏侯甲的名字，他仗著年輕，在李定國軍與孫可望軍、清軍之間降了又叛、叛了又降，最後也不免死於緬甸王的符水之變。白商量和白躊躇，卻只見過在一些野史裡提及，卻說是仙霞關外兩個寫詩的和尚。阮大鋮一六四六年猝死於五通嶺，未必和他倆無關。

那一場雪越下越大，足足下了六天，也許就是這厚雪壓的，翬城僅存的完瓦好檐都崩塌殆盡。城外過路的人民或者軍隊，遠遠望來，都以為翬城不過是大雪中一片蒼老的墓地而已。其實城中還剩下老幼殘兵數十人和未被劫掠走的幾個老婦人，老婦每晚奔走孤城各處，與眾男交，哀吟動於天，最後竟然得存香火，十個月後這片墓地之上有嬰兒誕生——卷了的筆記，就到此結束了。

但就像每一個孤城一樣，它也在大清盛世的某一夜突然消失在風沙之中了吧。否則哪裡輪得到工農兵考古隊來挖掘呢？

我嗎？我是一九三〇年生，南京人，父母於一九三七年雙亡。

2017.12.

# 尋找倉央嘉措

倉央嘉措從來沒有見過達娃卓瑪，見過她的是他的前生。倉央嘉措也從來沒有到過「雪」地方那些黃房子中去，去和那些當壚女調笑的是浪子宕桑旺波。

如眾所周知，大雪敗露了他的冶遊行踪，拉藏汗趁機彈劾。朝廷來的術士來到布達拉宮，請他赤身裸體端坐其位，圍繞其前後左右端詳細察，然後說道：「這位大德是否為五世達賴的轉世，我固然不知，但作為聖者的體徵則完備無缺。」說罷頂禮膜拜，返歸本土。這個赤裸著沐浴在布達拉宮深處的微光中的聖體，和全身披掛法器在大雪中一板一眼跳獅子舞的少年僧侶，以及赤裸在黃房子的軟榻上滴汗的浪子肉身，原本就是一個。

猝死於青海湖畔的，閉關於五台山的，周遊印度、尼泊爾、康藏甘青蒙古等地最後在阿拉善廣宗寺圓寂的，也都是同一個人。

我的筆記就記下來這麼多，尋找倉央嘉措的路線從門隅措那地方開始，中斷於浪卡子，沒有前往青海和蒙古，因為我們的司機洛珠羅桑不見了。

## 洛珠羅桑和達娃卓瑪

洛珠羅桑不見了，就在他夢見他初戀女友達娃卓瑪那天的晚上，只剩下一輛沒有油的北京吉普，以及尚河和我，抛錨在隆子縣的某個山谷裡。

「他們先是趴在帳篷外面，打縫兒往裡觀看，後來我說你們別把帳篷壓塌了！他們就一個接一個鑽了進來，不好意思地擠著，搓著紅得發亮的小髒手，『叔叔，就是嘛，外面太冷了』，十多個小學生擠在我們的雙人帳篷裡，我一邊不耐煩地衝他們揮手，一邊繼續對身下光溜溜的達娃卓瑪使勁。

「我和達娃卓瑪對倒著睡，我的手摟著她的後背，嘴巴親著她的大腿根，但不知從哪裡來的一隻小髒手不時胳肢一下我的腳窩。

「我們好像做了整整一天，他們也看了一天，後來天色暗下來了，我想你們怎麼還不去上學！這我才知道自己是在做夢……然後我就擔心起來，這樣做下去，我會不會遺精？我要是遺精你們該笑話死我了。」

空空蕩蕩的２０２省道上，洛珠羅桑一會踩油門一會減速，毫不掩飾地跟我們講他早上做的夢，北京吉普就像一隻沒睡醒的鯊魚貼著海底滑翔，陽光間隔雲影，海拔五千米的省道也像靜沙安穩的海底，我們輕微地起起落落，昏昏欲睡。

「達娃卓瑪做愛很好的，雖然我們只是做過一次。」洛珠羅桑是個快樂的阿里青年，去年剛剛當了第二個孩子的爸爸。「我和達娃卓瑪從小就認識，一直同學，後來就搞戀愛，但是她的媽媽太貪錢了，我又太窮。」

「中學畢業她就嫁人了，嫁給一個跑拉薩的商人。我不服氣，在她結婚前兩天約她出來，在野地裡把她給幹了。」我們豎起了耳朵等待他講出進一步的細節，長途司機個個都是葷段子高手——洛珠羅桑除外，雖然據尚河說他實戰經驗豐富。

可是洛珠羅桑是個傷感的哥們，他想起達娃卓瑪就情不自已，車都不想開了，把車匙一擰，說我發短信去了，就鑽到車後座，把尚河攆到了駕駛座。

「達娃卓瑪，你記得嗎？但我記得……」這是一首老歌的歌詞，我不知道洛珠羅桑給達娃卓瑪發的短信是否包含這麼一句，我和尚河都假裝對洛珠羅桑的情事不再感興趣，沉默地前進了一里地，洛珠羅桑的手機哼了一聲。他一骨碌爬起來，雙眼閃閃，「她說她也想我了，就在我夢見和她做愛的時候，她說她正好就在想我。」

洛珠羅桑陷入了憂傷，就像他前天一樣，他開始嘟嘟囔囔。

## 洛珠羅桑和次仁則姆

「倉央嘉措不認識搭便車的次仁則姆，
次仁則姆也不認識倉央嘉措，
但次仁則姆認得洛珠羅桑的阿里口音，

就像新雪認得宕桑旺波的腳印。

洛珠羅桑啊，這杯酒就讓我替你喝吧，

次仁則姆，318國道通不往爸拉的家！

貢布的鸚鵡你替我看著，

米拉山口的雪下了不止一夜。」

前天，我和尚河尋找倉央嘉措情歌源頭的計畫才完成了一半，洛珠羅桑開車，我們從林芝趕回拉薩的路一路關卡重重、不斷在限速。

在一個小關卡，我們又被攔住了，一個一直蹲在路旁的藏族姑娘向我們走過來，金髮閃閃，不協調地撲朔在高原紅漸褪的青白小臉上。她對尚河說：「大哥，能帶我到拉薩嗎？」尚河回頭看看我，我點點頭，她就坐上來，一個男人幫她把拉不上鏈的旅行包扔到後備箱然後走了，他們沒有道別。

車子開了差不多一個小時，這個瘦小的姑娘才告訴我她叫次仁則姆。也許是第一次搭順風車，她很警惕，不太和我們說話，我們一開始還逗她說話，後來也放棄了。次仁則姆也許覺得不太好，就主動問尚河：「你的頭髮是不是自然捲的？」尚河已經懶得理她，我說：「你摸摸看。」她只微笑了一下。

窗子關不嚴，次仁則姆不斷整理自己被風吹亂的頭髮，「漢語裡這叫煩惱絲」，我也沒話找話。

洛珠羅桑認定她是妓女，多番調戲，甚至忍不住用藏語問她多少錢幹一回，次仁則姆鐵青了臉不理他，甚至用我們聽不懂的脆生生的短句責備他。此後兩人彼此生氣，一直生到拉薩。

去往拉薩的路是那麼漫長，長得車子裡的黑暗有點曖昧，洛珠羅桑和尚河在前座一言不發，各懷鬼胎。次仁則姆陸續告訴我一點她的事，她是拉薩人，但到林芝工作。「你們住的酒店在八廓街？我家就在八廓街附近！」她沒說是什麼工作，當她留在車裡，我們幾個男人下車方便的時候，洛珠羅桑小聲跟我說：次仁則姆肯定是在髮廊工作的。

「現在想家了，所以就回家」，「拉薩多好啊，幹嘛去林芝工作？」她不吱聲。她的衣服和行李包都是廉價貨，花了濃濃的妝，染了金髮，洛珠羅桑因此認為她是髮廊妹也不為奇。

次仁則姆的電話在不斷收發短信，好不容易挨到雅魯藏布江邊那個叫「中流砥柱」的地方，洛珠羅桑和尚河下去買核桃，她管我借電話打回家，她叫電話裡的人巴拉，聲音就是一個小女兒的模樣。

我說巴拉就是爸爸是嗎，她點頭。

她不停地看錶，她的電子手錶和我妻子在義大利讀書時帶的一樣，鮮豔的橙色塑料，但是她的錶盤裂了。

「悔心人翻過了米拉山口，
髻花的棄婦還在拉薩看雲。
黑犛牛帳篷裡睡著白珍珠呢，
打馬的人夢見的並不是你我。

洛珠羅桑的頭髮還是青青蓮葉，
次仁則姆的頭髮已經被過路客染黃。
這個漢人喇嘛真不會念經，
雲綴滿了金珠就變成了拉薩的星星。」

一路上都遇到限速，來西藏參觀的領導車隊還沒有走完，我們就不能走快。本應該六點就能到拉薩的，八點、九點還到不了。去到米拉山口，不知何時下了一場薄雪，「噢

——勒勒勒勒勒勒！」尚河扯盡了嗓子大叫，我們狂奔下車撒風馬旗，一時不知道是雪霧還是風蒙死了我的眼睛，眼前一黑一亮，就像傳說中的雪盲。

我每次拍照回來車上，次仁則姆都默默替我整理衣服和相機。薄雪中有犛牛營地，小姑娘們高興地捧了酸奶出來賣，我買了幾瓶，然後和她們合照。次仁則姆在車裡看著——次仁則姆當年也有這樣的童年吧——我把相機遞給尚河，讓他幫我和次仁拍一張合照，「哈，你看上人家啦？」「沒有，就留個紀念而已！」次仁和我的臉都紅了，我知道這是高原常見的紅色。

尚河問次仁則姆多大了，她只是豎兩個手指，反覆兩下。暮色漸昏，次仁則姆憂心忡忡，我又借電話給她打回家。洛珠羅桑一語不發，開開停停。回到拉薩已經十點，次仁在路邊下車自行打車回家，她只對我說謝謝，我說好好的生活啊，她沒聽見。

## 尚河和卡桑德拉

就在達娃卓瑪給洛珠羅桑回第二條短信之後，洛珠羅桑就不見了。他說我去方便一下，下了車走進那些喜馬拉雅山造山運動的蒼老皺摺之中，轉眼就沒有了踪影。

吉普的汽油已經耗盡，這是洛珠羅桑再接過尚河的方向盤之後的事，我們都不知道。

暮色沉沉，奇怪的是原本熱鬧的省道至今一輛車都沒有經過，借點汽油的想法泡湯，最後我們決定先這麼耗著，實在不行才打電話回城裡搬救兵。

尚河在西藏漂泊過幾年，這點意外他不以為然。收拾到荒地上一些犛牛的乾糞，他就在車邊生起了火。火光勾勒出尚河的臉瘦削的輪廓，尚河是個帥哥，現在也快要當爹了，多了幾條白髮，像青崖上的月光。

「達娃卓瑪把洛珠羅桑接走了，哈哈。」尚河和洛珠羅桑是多年的老友，當年尚河浪跡阿里的時候，飢寒交迫，正是洛珠羅桑一家收留了他。

「你見過達娃卓瑪？」

「也許吧，西藏有一萬個達娃卓瑪。」的確，尚河給我講過西藏的四個達娃卓瑪、六條流浪狗和十個活佛的故事。

「洛珠羅桑是幸福的，竟然還能夢見自己的達娃卓瑪。」

「我的初戀我從來沒有夢見過，也許是不忍夢見，」尚河把牛糞撥走了一點，讓火小一點，畢竟還有漫漫長夜要熬過去。

「她算不算我的初戀呢，在遇見她之前，我已經有過好幾個女朋友，但她是我的初戀。」

「在我抱著那條被藏獒咬得傷痕累累的老狗，倒在阿里唯一一家刀削麵館裡面的時候，我幻見她，全身赤裸著坐在一大群刀客中間，可是這不是夢，刀客們摸她的乳房，拿匕首比劃她的乳頭，我攥緊了拳頭，可是已經站不起來。」

「我們認識的時候，我是一個流浪歌舞團濫竽充數的吉他手，每天喝得爛醉的時候用磁帶代替彈奏；她是團裡的台柱，小名若男，綽號卡桑德拉，本地小有名氣的女歌手，也是團老闆的情人。」

「巡演的時候，我們住大通舖，她住標準間。有一天她傳呼我：到我房間來。我去了，三天沒出來，那時我的身子像金剛杵，越敲打越精神。」

「很快團裡的人都知道了，閒言閒語，尤其是那幾個常常為我爭風吃醋的小舞蹈員。巡演去到老闆的故鄉，一天演出到凌晨三點，她突然跑到後台樂手化妝間裡把我拉了出來。」

「你現在就走，馬上離開這裡！她給了我一個長長的吻，把我的舌尖咬出了血，然後往我手裡塞了兩千塊錢。」

尚河一直低著頭。「那是我們最後一次見面。」

「那是一九九九年。後來二〇〇一年，就是我和你認識的那一年，我突然接到她的傳呼：『快來救我，我在株洲，若男』，留的電話打過去，卻說沒有她這個人。」

「我一無所措，只能對著牆壁痛苦地喊。那時我住在最窮的畫家村，找遍了鄰居才借到幾百塊錢，買了當晚的火車站票，從北京趕到湖南。株洲只有髒髒的雪，我找遍了當地的夜總會，被人揍了許多次，但都沒有找到她。」

「後來，我就去了阿里。和一條老狗一起，做了一年乞丐。後來，老狗和十幾頭藏獒打架，為了我被咬死了，洛珠羅桑和他哥哥把我從刀削麵館撿了回家。」

我想說點什麼，尚河卻站起來把火滅了，把餘燼踢開鋪了一張雨布在地上，「小木，你到車裡睡，我睡這裡就行了。」

高原的夜沒有想像中那麼靜謐，一夜都聽見小動物的叫喚。我在車裡聽前幾天的錄音，門巴族的白月措姆老太太，給我們唱門巴語的倉央嘉措情歌：

「去年種的小苗，
今年已成秸束，
少年驟然衰老，
身比南弓還彎。」

## 洛珠羅桑和達娃卓瑪

我夢見洛珠羅桑穿上了他最浮誇的衣裳，挑了家裡最好的一把長箭，他要去參加射箭比賽，還要在射箭之餘唱歌，跳舞，跳的是跳了幾千年的鍋莊，唱的是唱了幾百年的倉央嘉措。

達娃卓瑪穿上了她最嶄新的長裙，帶上了最晶瑩和溫暖的瑪瑙，她要去過林卡，在桑林裡煮奶茶，還要唱歌，跳舞，跳的是跳了幾千年的鍋莊，唱的是唱了幾百年的倉央嘉措。

洛珠羅桑和幾十個少年比賽摔跤，洛珠羅桑和幾個壯漢比賽搬石頭，石頭上面抹了酥油哩，洛珠羅桑把抹了酥油的大石頭搬了一里地。

達娃卓瑪偷偷把自己家的地圖畫在小紙片上，把小紙片塞在鋼筆膽子裡，把鋼筆借給了洛珠羅桑。達娃卓瑪回了家，就把自己的窗戶拔開了栓子。

那一夜公社的馬牛都離開了欄，飄到了雲裡，洛珠羅桑一步一叢洛桑花。

洛珠羅桑想對達娃卓瑪說我愛你，但是他沒說，他說他忘記了我愛你用藏語怎麼說。

## 褚安和尚河

其實尚河和卡桑德拉的故事我聽過，是二〇〇七年褚安告訴我的。二〇〇一年尚河接到卡桑德拉從株洲打來的電話，不但離開了北京，也毫無解釋就跟褚安分了手。二〇〇二年褚安結了婚又離了婚，二〇〇七年的一個音樂節上我們重逢，暮色裡她挽著我的手像舊情人，迷濛遠處依稀是吉他錚錚，我們漫無目的在嬉皮青年間瞎走，她跟我講了卡桑德拉的故事。

在褚安的版本裡，尚河再次見到了卡桑德拉，但不是在阿里的刀削麵館子裡的幻覺，而是在岡仁波齊下面突然刮起的暴風雪裡，當時尚河躲在一個朝聖者留下的小山洞中，懷中藏著三封遺書，其中一封在他脫險後寄給了褚安。

不要問我為什麼邁不開步薄雪如刀抵住我的腰眼我不是一七〇六年的馬幫我是搶鹽的強盜雪早已封死了洞口呼嘯不已我聽不到她淅淅解衫的聲音淅淅的聲音是夜雪的鬼舞

不要問我為什麼燒了黑犛牛帳躲到這個洞穴岡仁波齊明淨千年如一日雙目炯炯而大雪如怒江裹走了我的老馬我聽不見她丁當散珠的清脆卡桑德拉就像雪女晝行吻殺了我的耳朵

一個月情人一個月萬物枯萎你說過我前一世是喇嘛那麼我的另一世就是雪中匪徒這

些哭泣的雪雹是持明倉央嘉措手中的念珠她的皮袍溫暖但血中的雪不能止住涓滴斷續

大雪斷絕大雪唱滅大雪握住了你的裸腳為它穿上濕透的僧靴為它紋上勒布的白蝶為它刻下無字書為它雕出笛子骨牽上我的老馬牽上我的歧途舊雪如鐮刀抵住我的腰眼不要問我為什麼是你的雪

——褚安沒有給我看尚河的遺書，而是把他的故事寫成了一首歌，名叫《雪匪謠》。我知道那裡面除了尚河的故事，還有倉央嘉措的故事哩。褚安那會兒痴迷倉央嘉措，否則也不會在雍和宮接受了那個自稱宕桑旺波的歌手的求婚。但是倉央嘉措就是倉央嘉措，只是偶爾成為宕桑旺波，雪上面的腳印早已被幾百年的一場又一場雪湮滅。褚安草率的婚事只有我一個人支持，褚安堅決的離婚也只有我一個人支持。離婚以後褚安也去了西藏，她依然痴迷倉央嘉措。

很多年後褚安成了著名的導演，關於她的現況，我和尚河碰面時說起，感覺比岡仁波齊山腳的暴風雪還要遙遠。二〇〇一年我認識尚河的時候，尚河以為我也是褚安眾多情人之一，我們本應該打架卻成了哥們，直到火燒了尚河的吉他，我們抽光了趙老大從河北村子裡帶來的最後一點兒大麻，就都離開了北京。

十年沒見，褚安沒有再尋找倉央嘉措，我和尚河卻為了這麼一個藝術項目走到一塊，在隆子縣的某個山谷裡躲避可能會出現的風雪，夢不見卡桑德拉，夢不見褚安，更不可能夢見達娃卓瑪——洛珠羅桑這傢伙做夢也有福！第二天早上我聽見尚河在咒罵，我們步行了一個上午一個下午竟然走到了隆子縣縣城，帶回了汽油和青稞酒，餵飽了北京吉普和傷心的胃。

## 倉央嘉措和仁增旺姆

洛珠羅桑失蹤的日子裡，他的哥哥唐白喇嘛來幫我們做司機。唐白喇嘛面相俊美，和洛珠羅桑長得壓根不一樣，我們想起洛珠羅桑，再看看唐白喇嘛，就琢磨為什麼達娃卓瑪不喜歡唐白喇嘛呢。但某天在酒店門口等待唐白喇嘛來接我們的時候，旁邊的肉店在卸下半隻血被凍凝了的犛牛，尚河對我說，褚安在拉薩的時候，喜歡的是唐白喇嘛。

你們尋找倉央嘉措，還不如尋找仁增旺姆。唐白喇嘛用他一貫優雅如舊藏貴族的語氣和我們說。我們都知道仁增旺姆，拉薩木刻版《倉央嘉措的歌》裡有這麼一首：「在東山的高峰，雲煙繚繞在山上，是不是仁增旺姆啊，又為我燒起神香！」可是倉央嘉措到底有沒有和仁增旺姆相戀過呢？這是讓拉薩的民間故事專家們撓破腦袋的難題。

唐白喇嘛會唱歌也會講故事，在去浪卡子的路上，他給我們講了我們沒有聽過的仁增旺姆的故事。

在錯那宗貢巴子寺的時候，有個長相清秀得像未生娘的小喇嘛，名叫洛桑仁欽。錯那的姑娘只要看過他一眼，就三天不想喝酥油茶，把魂兒丟在了貢巴子寺的經幡下了。

那時候的洛桑仁欽，還不是後來的浪子宕桑旺波，他年方十五，不喝酒不唱歌，見到錯那的姑娘對他一笑他就臉都紅得跟僧袍似的。他就知道埋首念經，深得貢巴子寺大活佛的賞識，但也讓寺裡的師兄們嫉妒得牙癢癢。

恰逢其時錯那北面的瓊結澤當附近有一個著名的朗賽林莊園，那裡的管事喇嘛據說被一個當地女子勾引跑到拉薩還是康巴地區去了。洛桑仁欽的幾個大師兄一聽說，拍著大肚皮笑道這回時機到了，趕緊去見活佛，推薦洛桑仁欽去朗賽林當管事喇嘛。

「朗賽林的妖女猖獗，一般道行的喇嘛可把持不住，洛桑仁欽心中只有佛法，必然能降伏妖魔。」大師兄這麼說，活佛就沒有辦法，只好把洛桑仁欽送去了朗賽林。

（我們去過朗賽林莊園，一間被洗劫一空的千年老宅，空間設計非常複雜，巧妙的立體迷宮機構都甚可喜，除了地下那個兼做私人監獄的地牢。我們看著轉著，不禁笑道這地主機關算盡太聰明，沒料到還有比他算計更厲害的毛澤東。莊園的四面圍牆被幾十隻鴿子占據，常常嘩啦啦一下子從這面牆遷移到那面牆。洛珠羅桑順了一個木頭柱飾，認為可以沾染一些莊園主的福氣。）

藏曆四月十五，洛桑仁欽騎著大青騾子去到了朗賽林，沒想到大師兄們早已寫了一封羊皮密信給當地最有名的美女仁增旺姆，信裡說如此這般你必須把洛桑仁欽勾引還俗，成事後送上藏銀千兩。仁增旺姆家裡雖然貧窮，但使她答應大師兄的計謀的，卻是傳遍藏南地區的洛桑仁欽的美色。

洛桑仁欽來到朗賽林，莊園外面裡三層外三層圍滿了瓊結的姑娘，多少年後洛桑仁欽寫過一句詩：「拉薩的人最熙熙攘攘，但瓊結的人兒最漂亮。」但那時候他懵然不知。瓊結的姑娘裡長得最漂亮笑得最響亮的，就是仁增旺姆。俗語怎麼說的來著？她往前走一步，抵得上一百匹駿馬的價錢；往後退一步，抵得上一百頭犏牛的價錢；露齒一笑，抵得上一百隻綿羊的價錢。

仁增旺姆攔住洛桑仁欽的馬頭引誘過他，仁增旺姆在過望果節的時候引誘過他，洛桑仁欽的心一動不動。果真一動不動嗎？多少年後洛桑仁欽寫過一句詩：「默想喇嘛的面孔，不顯現在心上；沒想情人的容顏，卻映在心中明朗。」但那時候他懵然不知。

冬天來臨，洛桑仁欽索性入山洞閉關修行。但外面那個世界刮起了從未見過的暴風雪——儘管遠處香加拉雪山明艷千年如一日。山洞被雪塊掩埋，洛桑仁欽斷食多天，已經在懷中寫下了三封分別給母親、朋友和情人的遺書。就在此時，仁增旺姆如拉姆仙女一樣神奇地穿越風雪來到了他身邊，「貢布少年的心情，像蜂兒圈在網裡，和情人纏綿三日，又想起終極佛法。」三日之間，洞外面風雪消歇，竟然春暖花開，「杜鵑鳥來自門隅，帶來了春天的地氣。」洛桑仁欽握住了仁增旺姆的裸腳為它穿上濕透的僧靴為它紋上勒布的白蝶為它刻下無字書為它雕出笛子骨……

且慢，這不是尚河與卡桑德拉的故事嗎？

這不是我的故事，這是唐白喇嘛你自己的故事吧？

得得得，這就是洛桑仁欽的故事，後來他離開了藏南到了浪卡子到了拉薩，成為了持明倉央嘉措。仁增旺姆是他的第一個情人，倉央嘉措後來還多次和她幽會哩。「拉薩的人最熙熙攘攘，但瓊結的人兒最漂亮。來會我的幼年相識，她家就住在瓊結。」寫的不就是她嗎。

## 洛珠羅桑和達娃卓瑪

就像他突然離去，洛珠羅桑突然出現，終結了我的虛構。並沒有唐白喇嘛，洛桑仁欽的故事也是我從《西藏民間故事選》裡借來的……在拉薩的最後兩天我大病一場，同時夢見了兩者。而洛珠羅桑，夢中之夢，像宗角祿康的鯉魚吐著泡泡站在我病床前。

他驟然老了二十歲，額角的縱橫像南山的柴禾在烈日下爆裂。他開口說話，用的是一種我以前沒有聽他說過的文縐縐的語言。

是馬，那匹老馬帶我走的！我在林中，剎那間天搖地動一般，狂飆驟起，昏昏然方位不辨。忽然，見風暴中有火光閃爍，仔細一看，卻原來是一匹玄黃老馬在前面行走，我尾隨它而去，直到黎明時分，那馬悄然隱去，風暴也停息下來，茫茫大地，只剩下黃岩版結，然後就下起了雪。

靜靜地，能聽見絮絮雪聲之間有馬的喘息聲，間或有哭聲。我尋聲過去，渾白天地中有一小木樓，樓下是幾匹老馬依偎取暖，樓上有人在喝酒哭鬧，刀劍相撞，環佩粉碎。我從二樓的木板間隙向上窺望，看見達娃卓瑪被捆綁在酒鬼們中間。

我看見她全身赤裸著坐在一大群刀客中間，刀客們摸她的乳房，拿匕首比劃她的乳頭，我攥緊了拳頭，可是已經站不起來。

蓬然一聲，一匹老馬倒在雪堆上死去，那正是帶我來這裡的那匹黃馬，雪珠在它的鬃毛上早已硬如瑪瑙。我從我的黃色氆氌衫中取出日增・戴達嶺巴所贈的古降魔橛，敲擊那瑪瑙，竟然敲出了火花。

我脫下我的博朵帽扔進火花中點著了，我把紅色大袍也脫下來，馬群中燃起了熊熊大火，老馬們的韁繩被燒斷，嘶叫著在雪地奔逃。木樓的支柱一根根的折，火勢一發不可收拾，樓上的宴席和人群轟然倒塌，在大火中焚為烏有。

我的黃衫也被煙火熏得污黑襤褸，我掙扎於這些扭曲的惡靈之中彷彿自己也已經成為馬賊刀客的一員，卻是那從未擁抱過達娃卓瑪的一個最醜陋者。烈火熄滅後，餘燼猶在雪中明滅，我抱著雪地上一件達娃卓瑪的玄青裙子泣不成聲。

這時我幻見多吉帕姆女活佛的金剛亥母之原型，暗黑的巨大母豬剛毛直豎，在大雪中獨行，她身上的火焰全部凝結成冰凌，六出飛花圍繞著她旋轉，漸漸編織了一個化城的模樣。

我真想牽化城中一頭青鬃獅子出來，因為它就是尚河你上一世的化身。

洛珠羅桑，我不是米拉日巴，你更不是倉央嘉措。

達娃卓瑪我想說我愛你但是我沒有。

洛珠羅桑沒有再為我們開車。可是我總記得二〇一二年的夏天，洛珠羅桑穩穩地把車開過了香加拉山口，我們停下來眺望拿日雍錯。海拔五千多米上無遮無攔，我們的臉上身體上衝刺著古老的喜馬拉雅山的烈風，我跌跌撞撞爬上最高的一個瑪尼堆，無數殘破哈達交織的天空下，滿身波光琳琅的拿日雍錯彷彿一七〇六年的青海湖，遠遠張開雙手要將我接納。

2012.12.28. 完稿

後來，你有沒有去過桑頂寺？

泰霖，我想給你寫一篇小說。

為什麼呢？我們只是見過一面！泰霖的鬼魂從江孜的雨雲之間冒出頭來，叫喊著，像他鍾愛的李爾王。

我只是好奇你在大吉嶺和香港的歲月，上次你沒有講清楚。

哦……這個可能要問羊卓雍錯旁邊的金剛亥母了。泰霖的鬼魂盤結成白龍的樣子，旋即解開，像瀑布從霧中傾瀉而下，其實他已經成為如意妙果金剛，一具咔嗒咔嗒吐出無數故事的屍骸。

一

泰霖早在二十歲的時候，就已經忘記了自己十二歲時怎樣從拉薩來到噶倫堡的了。十年前拉薩一個漸涼的夏夜，對著我的攝像機，八十六歲的他很坦然，「生命就是不斷遺忘，我只不過加快了它的速度而已。係嘛？」他轉頭向荇茵，我們的香港女導演，說了半句粵語。

作為十三世達賴時代的官派留學生當中最小的一位，泰霖到達噶倫堡時只有十一歲零九個月，他在這裡度過了自己的生日並且學會了從一到十二的英文。

從噶倫堡一直下坡走了十英里，就來到一座名叫扎西查的橋，這裡便是通往噶倫堡、大吉嶺、西里古里和甘托克的岔道，過了岔道，往上爬二十二英里的坡路，一路樹香濃郁，就到了大吉嶺。

這一段路他倒是如數家珍，我喝了口甜茶，在筆記本匆匆寫下地名的潦草拼音，全部被他伸鉛筆過來改成標準的印度英文。

聖約瑟夫學院沒有教給我什麼，除了足球和慾望。我的肺活量，比起那些英國小老闆和印度王子們自然要強一些，他們叫我「驢魔」，因為我踢球就像驢子蹩蹄，能把罰球直接踢到對方的邊線。很多時候，我們還故意犯規，把球踢過圍牆，一牆之隔，就是勞倫托女校，都是高遠的鋼藍色天空，她們更高更遠。

不像聖約瑟夫學院有十多個拉薩的官派留學生，勞倫托女校只有一個藏人，她的名字叫白瑪……呵呵，當然是個假名，我只知道她的父親是噶廈高官的好友，因此她雖然不懂一句英文，也就被直接送到了大吉嶺。

白瑪從來不跟我們講藏文，很快她的英文就流利得可以替來大吉嶺辦貨的西藏商人當翻譯。但無論她的發音多麼像維多利亞時代的讀詩腔，她的長相還是貨真價實的後藏貴族姑娘，在大吉嶺的奶茶滋養下，一年一年雙乳愈發渾圓，腰肢到盛臀的流水，符合唐卡的儀軌，而不是拉斐爾前派的清瘦陡峭。她獨自一人改變了我的英國同學的審美觀，多少精液在大吉嶺的寒夜為她的幻影釋放！

到她畢業那年（也是我肄業的夏天），我才知道她也是江孜地方人，因為她父親寫給我一封信托我陪白瑪還鄉——當然這封信由白瑪親自拿來學院宿舍給我，同學們嫉妒的目光幾乎把信燒著了。我忍住驕傲，彬彬有禮地把白瑪送回勞倫托，胸口青色蜂兒亂轉，蜜汁四溢。

一個月後，她出現在整裝待發的我面前——身著無袖氆氌藏裝，腳登繡花藏鞋，黑色的頭髮梳成兩條辮子垂在胸前。在西藏，只有已婚婦女才能戴圍裙，但那天早上，出於安全的需要，白瑪戴上了圍裙，卻更顯成熟婀娜。正好，我也換上了緞面藏服、長筒皮靴，腰挎藏刀和手槍，和她假裝成歸國的一對商人夫婦，坐上我的錫金朋友艾力的敞篷汽車。不費多久時間我們就回到了噶倫堡，一路上少不了顛簸碰撞，壯實的我變得像一團雲朵，好輕輕接住身邊這一團棉花。

## 二

艾力的汽車被禁止進入藏地境內，我們在則里拉山口告別，我和白瑪騎上前來接引的騾子跟隨商人的騾隊繼續前行，我回頭揮手，艾力的目光卻始終跟隨著白瑪腰後的裙襬。

騾隊向著珠穆拉日山方向進發，漸漸地暮色降臨，山影醺醉，我們跟大隊拉開了距離。下一站帕里還未見依稀，蟲聲斷續歸於沉寂，樹影卻開始在夜風中婆娑，這時候白瑪才開始和我說話。

「你讀過《仲夏夜之夢》嗎？這裡的山林似乎也將要開始一個精靈派對。」

「什麼？我當然讀過。」可是我夢見的精靈，是空行母的模樣。後半句我咽回了肚子。

「我夢見的精靈，長著豬頭，哈哈哈。」她說，好像看透了我的心思。

「你還記得江卡孜宮殿壁畫上的金剛亥母？」

她雙頰一紅，在騾背上悠悠點頭。

金剛亥母，乃勝樂金剛與大悲紅觀音之明妃，身貌如同十六歲少女，身體紅寶色具一面三目二臂，左手持盈四魔血的顱缽，右手執持金剛鉞刀消除內外密障礙與攝伏十方魔敵，左腳伸立、右腳彎提如舞蹈姿，舞於蓮花日輪屍墊上，左腋脥倚喀章噶，面貌微忿笑貪悅黃丹或紺青色，頂上有豬首隱於髮髻，身環白骨頭蔓、頭戴五乾顱冠，身穿金飾與空行骨飾……

我沒有說上面這一大串我背誦的大藏經，只是莫名其妙地問她：你們家是信黃教還是紅教的？

她笑而不答，抬頭看天，天色已經紺青如空行母的臉，微星閃爍，雲絮流轉。商隊已經不見蹤影，我建議我們不必追趕，不如趁黑暗未濃，安紮好氂牛帳篷度過一夜，明早再兼程向北。白瑪下了騾子，幫我卸下露營用品，又牽騾吃草，壓根不像貴族女子會手足無措，見我疑惑，她說曾在英國朋友家中度假，學會了這些野外本領。

帳蓬只有一頂，那一夜泰霖和白瑪發生了什麼事我們不必細究，正如薩瑪酒歌所唱：「不要指責倉央嘉措，他要的和人們需要的沒有兩樣」；《仲夏夜之夢》裡也有道是：「你的德行使我安心這樣做：因為當我看見你面孔的時候，黑夜也變成了白晝，因此我並不覺得現在是在夜裡；你在我的眼裡是整個世界，因此在這座林中我也不愁缺少伴侶：要是整個世界都在這兒瞧著我，我怎麼還是單身獨自一人呢？」

但曙光尚未來臨，我被輕寒喚醒時，我發現懷抱裡空無一人，唇間還有未說完的情話之甘甜，毯子裡空餘柔美的形狀。正在沉吟這是否大夢一場的時候，遠處傳來短促的幾聲槍響！我倉促披掛藏袍、腰帶，一手持刀一手持手槍衝出帳篷。

槍聲斷續還有，林中似有火光起伏、流彈奔竄。在逃命與冒險之間，我迅速地選擇了後者，因為我想白瑪的失蹤可能跟這林中的火拚有關。我不顧一切，快跑向槍聲的方向，沒跑出幾百步，就被絆倒在黑暗中。

大腿濕漉漉的，是血，我中槍了嗎？掏出火鐮一看，原來是別人的血——七八具屍體錯落林間空地，他們的嘴巴似乎還在蠕動開合，像如意妙果金剛即將開壇講那些仙界凡間顛倒胡鬧的笑話……

嗚嗚嗚，白瑪在哪裡？我打著火鐮一一察看死者，喉間忍不住嗚咽起來。那些等待薦亡的中陰身科科發笑，他們留下的皮囊都是魯莽男子，有幾位商人面孔，有幾位明顯是剪徑強盜，並沒有白瑪，我鬆了一口氣。

但我馬上感到更森然的寒意向我圍攏過來，也許是林立的槍管、長矛，也許就是橫死的惡鬼的利齒、鐵爪……腳步聲在林間雜沓接近，我深呼吸大喊一聲：諸位好漢，我只是一個趕路回家的學生，盤川都在帳篷裡面你們可以隨便取拿，請放我一命回家事奉老母！

似乎有別的耳朵聽見了我的呼喊，晨星如爐灶裡的餘燼被吹火筒呼呼喚醒，發大光明，一股紅色的風從天而降盤旋在我周圍，風中傳來一陣陣咬牙切齒的咆哮，四野似乎因此害怕，漸漸靜下來，腳步聲遠去了，寒意也消失了。俄頃風息塵散，我看見一個裸身的少女佇立在不遠處的大樹後面。

白瑪？

我不是白瑪，我是她和你一路上惦念過的空行母。

我伏身在地，原來是您，祕密智慧母、金剛瑜伽母、伊喜嘉措……我嘴裡把跟金剛亥母有關的無數尊名都唸了一遍。她身上微微閃爍著電光劈啪，我能感覺到她的熱量，如此熟悉的溫熱和馨香，真的不是白瑪？我暈頭轉向，幾乎要昏迷過去。

哪白瑪呢？她哪裡去了？

金剛亥母不回答我，她的腳跟輕輕抬起，足腕旋轉，腳趾長出金光閃閃的利爪。我不敢抬頭，怕的不是看見野豬猙獰從她頭上浮現，怕的是她會不會長得跟白瑪一樣，卻完全不認得我。

利爪在泥地上劃著花紋，火焰緊隨而來，把這化城擦滅。

她說：十年後，你來桑頂寺找我……我依然感覺這是白瑪說話的聲音，但沒關係了，我在漸濃的乳香和我嘴唇咬破的血腥味中，架不住眼皮沉重，墜入夢鄉。

我似乎夢見了我作為一個喇嘛的前生。

山壁陡峭，我修行的小廟半倚著山的破風處構建而成，沒有師父，沒有同伴，沒有香客，沒有酥油花……那自然也沒有香火。雪意糾結，彷彿盤空打劫，彷彿我犯了憶念他人的淫戒，從兜率天被貶謫至此，彷彿另一場、永遠是另一場雪。

撿拾了殘餘的枯枝，我趁雪未下就回來，然後就見到這朵巨大的黑色蓮花萎謝在寺廟的前廊。黑色中有白色，黑裙子裡的白皙、嘆息、鎖骨、愛惜，我犯了凝望之戒、執手之戒、互擁之戒、以及所有戒。我恍惚知道，我是坊間流傳故事裡那個在羊卓雍錯旁邊迷路的密宗師，我立誓要送給救助我那個牧人的甲青靴，如今凌亂裹入四散黃緞僧衣。醒來後花了十天徒步回到江孜，我立誓餘生要寫一部小說給白瑪。

## 三

但是我沒寫。

因為那夜還有另一個更長更長的夢，是我手持南弓，在茂密的竹林裡苦苦尋找一隻幻變莫測的老虎，可是我的箭囊是空的，跟那隻老虎的瞳仁一樣空、澀。

它向我撲過來了嗎？

這是泰霖留在我的鏡頭中的最後一句話，老人打了一個呵欠，沒有道別就離座回房睡覺去。就像凌晨醒來的人不跟夢中人道別一樣。不是嗎？也許我們都是白瑪夢見的人呢？這個奇想我也沒機會跟泰霖講。

離開了拉薩，路上整理錄音，才發現他忘記告訴我他後來怎麼去的香港了。我之前聽他小女兒桑姆珠瑪說，泰霖一輩子有二十年在藏區不見影蹤，五十歲回來娶妻，才告訴親人們自己去了一個和西藏完全不一樣的地方，那叫香港。作為從香港來的紀錄片工作者，我當然好奇我的被訪者與我家鄉這段緣。

也許泰霖八十四歲的時候，已經忘記了自己三十歲時怎樣從西藏來到香港的。那趟旅程最後幾天，在隆巴子寺借宿的時候，我夢見過泰霖在香港的歲月，但我說不出來。諾士佛臺，河內街，梅窩，前衛書屋。我知道我不能說，「因為人類一說話，如意妙果金剛就會搖動他滿身的寶石，咻一聲離開你的百衲袋，飛回屍陀林中。」這是桑姆珠瑪和我說起以前有一個叫海子的詩人的拉薩歲月的時候，若有所思地告訴我的一個民間傳說。我不知道她是在惋惜海子還是在告誡我。

回到香港之後，我收到了一張從桑頂寺寄來的明信片。寄信人不詳，明信片的圖案面是一張黑白快照，在桑頂寺迴旋盤曲的二樓俯視下去的角度，密密的細柱子之間，有一個小女孩探頭張望，因為是黑白照片，我看不出她身上的條紋毛衣，到底是黃紅相間，還是藍綠相間。

明信片背面抄了一首詩：

「深夜落髮，落不下
這一身蓮花的重負
天鵝想要久久
久久棲留，在它鍾愛的湖」

……

是的，我去過桑頂寺，在我還年輕的時候。

是的，我去過桑頂寺，在我已經初老的時候。

是我，帶回了送你的匕首，是那已經消亡的國度已經失敗的民族的，請放心使用。

「我能代替另一個人投降，代替另一個城市變節嗎？

而我將學會獨腳跳舞的伎能，學會以脛骨做笛，人皮做鼓，但不再唱異鄉的歌。請放心屠烹，你是我的血親。

請以叉代酒，以疤代笑，我是沒有故鄉的人，是失火的夜市，是縱虎的城寨，是剪徑的餓雨。

我必將狼吞虎嚥今晚的我，痛飲明天的我，其後，麻煩你們來買單，我的良友。

麻煩你放逐：能代替另一個人認罪，代替另一個時代焚書的，不是我的，那個我。」

……我唱過這樣的歌，名叫《去之吟》。

那一年拍攝的紀錄片，被荇茵弄丟了。她暗示我那是為了保護我，這部紀錄片很容易被人上綱上線。可是我只是一個攝影師……我想反駁她，但是又把話咽回肚子裡了。

你當然是個攝影師，不是如意妙果金剛，你沒必要知道那麼多故事，講那麼多故事的。每當我這樣想，我就睡不著，像百年前在大吉嶺聖約瑟夫學院那些男生。

桑頂寺今夜也應該有人睡不著，雖然我未見過她，但我們已經並肩眺望過草原變化江河，是的。

2023.10.10.-12.

本故事純屬虛構，唯以此紀念兩位離世的西藏小說家。

# 開往順德的夜船

順德是一個不大不小的古城，在廣東南方的一隅。地圖這樣顯示。

距離今天正好過去三十年了，這三十年來我沒有回去過順德，也沒有在現實中認識任何一個順德的男子或女子，也許是故意的，我通過這樣把順德留在一個半虛構的時空中，不去確認它的存在。

但乘坐夜船前往順德的那一夜是真實存在的——怎樣從順德回來我卻沒有絲毫記憶，那是不是我根本沒有回來？

坐長途汽車花了大半天，在青灰色的街道中找路又花了兩三個小時，到達肇慶的客運碼頭時已經是深夜。人潮雜沓，時刻有上百人從大大小小的船上來，同時又有上百人在身後推擠著要上船，儘管燈火通明，他們都拿著警棍一般大小的手電筒，直晃別人的眼睛；還有兩個小孩，提著小燈籠，那是不是我和妹妹在熄燈的櫥窗裡的倒影？

一九八四年，很多人死去，張貼在大街上的法院判決書上鮮紅的名字成了我的書法法帖，我記得一些很奇怪的，比如說：慕容長弓、舒老鱷、呼蘭俠，應該都是地攤文學的遺蹟，他們被粗糙的傳奇塑造了自己短暫的一生，反過來他們的血又去繼續滋潤那些粗糙的傳奇。那一夜，肇慶碼頭上的千百人當中，可能有一半人是打算從這種命運中逃亡的，同時，又有一半人投身這種命運中去。

我的年齡不到十歲，沒辦法成為兩者之一。我妹妹更是懵然不知，她只有四歲。

其實我不記得那次走難一般的出門遠行的目的何在，更不記得我妹妹當時是否跟著我和媽媽一起上路。在人潮驟明驟暗中，媽媽叫喚著四姨的小名：阿青，拖緊了小木的手，別把他丟了！但也可能是叫喚著我：小木，拖緊妹妹的手，跟著媽媽別走丟了。媽媽好像挑著一個擔子，一邊是要送親戚的禮物，一邊是我們的衣服。

四姨阿青，在另外一些記憶中，她是客輪公司的售票員，在夜風中一隻手緊緊攥著的不是我的手，而是她單薄的湖藍色的確良[39]襯衫的衣領，另一隻手不斷地擋開幾乎伸到她胸前的那些買票男人的手。

她看見我們一家，就好像認識我們一樣，拿出計劃經濟時代末期根本不可能有的熱情，帶我們從工作人員通道上了船。所以，她是不是我的四姨呢？那年，四姨十八歲，做過小鎮錄像廳放映員、髮廊洗頭妹這樣的工作，她的初戀男友的名字也出現在大街的蒼白招貼上，然後她就去了異鄉。

總之，我們上船了。沉沉大霧和我們同時踏上跳板，鑽進帆布的縫隙、水手褲袋裡那本舊小說的書頁……我看不清船的名字、番號，甚至顏色，也不知道是鐵船還是木頭船，只聽到馬達斷斷續續地抽搐著，彷彿在喊痛。我在甲板上一個踉蹌，那個鬍子拉渣

39 注：中國於一九八〇盛行的一種紡織物。

的水手一把拉住我手臂，然後伸手去攙扶抱著妹妹的我媽媽，她的行李已經被他接過來放在通鋪的一個角落。

我揉著眼睛昏昏欲睡，手指卻霧一般亂劃，碰到了水手的口袋，那本小說的名字我倒記得清楚：《扶風國興亡錄》，甚至我想像自己看到了書裡面那些繡像：盔甲、箭衣或者赤膊受綁的肢體上，都是我小時候熟悉的面孔。我在閉上眼睛之前抬頭看看我媽媽，媽媽知道我想怎樣，她搖搖頭，把行囊整理成枕頭，把我放倒在青綠色的席子上。

哥哥，哥哥！

她叫醒我，賣粥的人來了，宵夜的時間到了。賣粥的人腰間掛著弓箭，那也許是他的幌子，因為他說他的山雞粥都是他新鮮獵獲的珍禽所做——你不信？他指著船的另一頭另一個賣粥的漢子——你看見他渾身滴水、肩膀上披著漁網、屁股後掛著魚叉嗎？他賣的江魚粥都是他白天潛水一整天的收穫呢。

妹妹和媽媽都沒睡著，在嘩嘩的水聲中她們像古代的母禽一樣瞪著警覺的雙眼，父親留下來的黑大衣蓋在我們身上像水草一般的偽裝。三碗粥只要兩塊錢，賣粥人看我媽媽猶豫著，就轉過來跟我說：或者把你妹妹拿來換，嘿嘿。我都聞到他身上那股老樹的味道。母親趕緊買了三碗粥，她自己不吃，讓我吃了兩碗。

哥哥，哥哥！

她叫我起來去看夜裡魚的眼睛。木頭窗戶是可以趟開一條縫的，裝滿了霧氣的兩個小腦袋，可以擠出去，朝下看被船頭強光照亮的江水。江水無比透明，與之相比，夜空簡直是固體，星星都被裹挾到不知哪個國度的罪行中去了。江水如大塊的碧玉附著在船體，流連不去的樣子，然後你看到幾米深處的大魚，像果凍裡的光斑，隨著我們的船慢慢地前行，幾乎沒有左右上下搖擺。

魚的眼睛裡都有兩個小人呢哥哥。傻瓜，這是我們的倒影。其實我不敢看，我怕看到死者的宇宙。我知道死者另有他們的宇宙，那是小時候吃魚眼睛的傍晚，奶奶告訴我的。奶奶住在其中一顆魚眼睛裡，她也為我們準備了很遼闊的魚眼睛，裡面虹彩四溢，我們可以隨意夢見彼此。

正當大魚要開口跟我們說話的時候，妹妹睡著了，魚們會心一笑，逐一隱沒在變紅的江水中。媽媽把妹妹抱回來，用父親的大衣緊緊包著。在她關上船窗之前，我看見漁火閃閃，把波浪分割成一張張書頁，都是我看不懂的故事。

曙光出來的時候，我們已經到達順德碼頭。接下來的記憶中，妹妹消失了，我也忘記了在順德我見了什麼人，吃了什麼東西，收到什麼禮物。妹妹不在那段歲月裡，她宛如胎兒尚在選擇出生的時機。

但在另一個故事裡，消失的也許是我。很多年後，在妹妹的來信裡我讀到過那另一個浪子歸的故事：遠航的父親在那夜乘坐的貨船與我們的客輪擦肩而過，他帶回家的貨幣全部換成了剛剛出現在小城裡的玻璃磚，於是我們家就擁有了本地第一家玻璃做的房子，為了夜夜點著燈，迎迓一個忘記回家的少年。

妹妹的信裡夾著一張老照片：母親微笑著抱著一個嬰兒。她的頭髮梳起來讓我無法辨認她的年紀，髮上的頭繩也看不出是紅是綠是黑，那是一張黑白照片。遠處因為景深而模糊的幾道墨痕，看不清是黃昏的山，還是夜裡起伏的大江。

2016.12.

# 再見朋友再見

「四五、四六、四七、四八⋯⋯」

隨著準確的揮動警棍，二八七四九六腦中的計數器也勻速閃爍著。和別的警器不同，二八七四九六為自己做了嚴格的設定，每次出動，他只打「螞蟻」們六十六下，不多不少，如果被打的人不夠或者暈過去了，他就會打任何一個路過且沒帶媚眼罩的市民湊數。

六六是個吉祥的數字，六六是這個星球的幸運數字。很久以前，也許就是六十六年前，為星球建立新秩序的六十六位老大哥，確定了這個數字，迅速地，六六成為一種迷信然後立法成為一種制度。在K星球，汽車只能以六十六邁的速度前進，所有的屋子占地必須達到六十六平方米，也有取巧建六十六平方呎的，據說含有懷念殖民者的意思，都被取締了。

六十六邁前進著的汽車，不敢輕易減速，只敢開到某條街道的六六號門牌前面暫停。下車多走幾步沒有什麼不好的，然而有一些壞份子，有意沒意地開始挑釁這個美好的傳統，總是停歪一點點，六四號六八號，六十號七四號，越來越離譜。他們自詡是「停車革命」，警器們都直接叫他們是熱鍋上的螞蟻。

壞份子上街抗議了，他們當然湊不夠六十六個人，頂多二、三十人。即使他們使用幻影增益，也不過會變成二、三百人，二八七四九六和他的反恐同袍們應付得綽綽有餘。漸漸「螞蟻」們從路面消失，轉進龐大的地底世界繼續游擊。他們真的變成了螞蟻嗎？二八七四九六無暇想及這個問題，因為每天清晨他會接受新世界的新設定，壞份子有時會被稱為刺蝟，有時會被稱為蟑螂，這都能激起反恐警器們的義憤填膺、加速運作。

六六，也是二八七四九六每天格式化自己的記憶卡時，加密保護不會清除的唯一一個文件夾。因為有一個鮮為人知的祕密，他的出廠編號恰好是六六六六，二八七四九六只不過是警隊隨機給他的一個號碼——這種號碼幾乎每天報廢幾百個。然而，二八七四九六有一天發現自己的號碼恰好是六六的三次方，他就相信了人類所謂天選者的說法。他把這些發現存進了那個文件夾。

二八七四九六不認為自己是警器——他喜歡照著鏡子叫自己「警察」，這都得晚上洗澡的時候做，要是被人聽到也會被冠以殖民地餘孽吧。有一次他在一條後巷執行私刑，那個上了點年紀的男人，在被鎖嘴拉鍊強行閉嘴之前，狠狠地罵了一句：「死黑警！」

不知怎的，二八七四九六對這早就被列入禁詞大全的咒罵非常受用，感到一股元氣直湧核心模塊，全身舒泰——

而另一個對他有效的人類詞彙是：當螞蟻們被拖走的時候，總會對不知道躲在哪個角落裡的某個同志大喊「朋友！再見了！」

那時，二八七四九六會感到渾身不舒服，簡直要嘔吐出機體內部的液態元件，因為他驟然發現，自己格式化自己的時候並沒有一個朋友可供告別，當然也沒有任何警器或者嫌兇會期待和他「再見」——

保羅闔上我的電腦，不緊不慢地說：

「接下來你會寫：警器報廢率驚人，所以要在效率期裡拚命進行抓捕的二八七四九六們……每天被洗腦的二八七四九六們，根本不知道存在的意義，你們好慘……喜歡上一個示威者，不忍失去對他、她它的記憶，逃避洗腦的二八七四九六們，你危險了……於是你開始晚上有夢……於是你想做一個真正的人……」

他一連串說下來，好像這是他已經拍過的一部電影。

「香港沒有成為過殖民地，你們的祖國已經聲明了，這麼一來你這個科幻小說的設定就不準確啦。」

「你的意思是這個科幻小說就不能在香港出版，也不能改編成電影了，而已。」我反唇相譏。

我有點後悔這個暑假費盡功夫從日本回到香港，只聽到這樣的「專業意見」。

## 二

三年沒有回來了。

太子道廣東道交界的唐四樓依舊幽暗且有霉味，站在保羅的工作室門口的時候，其實我已經忘記了保羅長什麼樣了，因此當金基德踢著拖鞋出來給我開門，我很自然地和他擁抱了。

「屌，保羅，玩嘢啊？[40]」

他也很自然地回應我一句「冇玩嘢啊，都冇嘢玩……[41]」

他們紮著一樣的辮子，有著一樣迷離的眼神。我揉了揉眼睛，他們疊合成一人。也許走出來的不是韓國人金基德，還有寧夏人趙老然和日本人そさん，這些曾經在這裡住過幾個月或者幾年的異鄉人，今天都已經死去成為鬼魂。

塌陷的褐色沙發搖搖欲墜，落地燈無力的光線似要把它撈起。三個鬼魂和一個活著的人一起看我的新小說《剋警》，我以為這是我最遷就電影改編的一次嘗試。但金基德

40 注：「幹，保羅，想要我呀？」
41 注：「沒想要你，沒什麼好耍的……」

說：「謝謝你啊，我對人物、事件以及真實很感興趣，但我不讀那些將這些事件再生產為小說或者詩歌的東西。你有沒有直接寫警察暴力的紀錄呢？」

我當然沒有。我兜裡藏著的、永遠都不打算給任何一個導演看的，只有一本我的夢境筆記，我覺得它們比任何紀錄都更接近真實。其中有一篇和保羅有關，那是我剛剛移居奈良的時候做的夢。

紙門扎扎作響，我在一場小地震後入睡，夢見一個屬於室町時代邪魔亂舞的庚申夜。是夜住在人身上的三屍蟲會從人的身體裡掙脫出來，向端坐在月亮裡的天帝密告那人的惡行。然而我看見的是主持這夜之祭典的祭祀人的眼睛爬出了三屍蟲，諸多遊魂野鬼前來慰問，帶給他不屬於那個時代的奇技淫巧——望遠鏡、隱形眼鏡、甚至VR眼鏡——世界破綻百出，不只是如此。

在百鬼夜行的隊伍中，雨傘鬼的背後那個披了紫色錯金僧袍的不是保羅嗎？我們曾經一起參與農民的「一揆」揭竿而起，在幕府的一次一次鎮壓下我們隱姓埋名流落江湖，約定除非天下太平否則不要再見（可笑的是，這時百鬼唱的是義大利民謠「啊朋友再見，啊朋友再見，啊朋友再見吧再見吧再見吧……」）。

他的斷刀還藏在我這裡，當我這樣想的時候，我下意識反手摸索我背後的包袱，保羅似乎知道我在想什麼，右手猛地伸過來扣住我摸刀的手。他貼近我，我能看到他眉角的刀疤，聞到他滿嘴的酒氣。我們定格如武俠片，背後的白狐跳竄而過，明月巨大，時代嘩啦啦過去如電子亂流。

他已經加入我們反抗過的陣營？保羅的僧袍下面，隱約露出了盔甲，他是細川勝元還是山名持豐的走狗？這白甲發出不屬於冷兵器時代的電流顫抖，他是帝國的風暴兵還是莉亞公主麾下的一名間諜？

突然，我感覺自己其實生活在巨大的影棚，天空有盡頭，月亮的光線都是設計好的射燈，我們的行為全都被監視。保羅隨著百鬼夜行的隊伍漸行漸遠，不時還隨他們的歌唱手舞足蹈，他們唱著「啊如果我在，戰鬥中犧牲，啊朋友再見吧再見吧再見吧！如果我在，戰鬥中犧牲，你一定把我來埋葬；請把我埋在高高的山崗上！」

歌聲漸杳，他們該是去領盒飯了。

我掀起荒煙蔓草的一角，鑽了進去覓到一間囚室，一丈見方，半高的草木泥牆上畫著幾枝殘櫻。我在地上草榻勉強入睡，迷夢中有孩子站在榻邊。

他問我：「爸爸，我的安納金光劍呢？」，黑暗中我察覺他的手中明明握著一把已經預熱準備出鞘的光劍，他不是我兒子。

我的頭劇痛而醒來，發現家徒四壁，別無他人，街上也沒有人。攥了拳頭的掌中是一團著火的汗。

街上是香港，牆上的日曆是一九九七年。我二十二歲，陰莖上殘留熟悉的氣味。突然鈴響，舊友來電，但不是他，是她，十七歲的蔡見。

# 三

星期五晚　元旦既中環
凌晨十二點　一九九三年
氫氣球 bow tie 有音樂　皺紙
啤酒　花街　跟住浮出街
德忌笠　九七六四 YY
亂試乜野都亂試
願意乜野都願意
我話乜都敢試　你話有乜意思
突然漆黑一片
你系咪想走先　我地幾時再見
朋友　你究竟系邊

未滿十八歲　飲得好鬼醉　笑得好空虛

這首歌後來成為我們的主題曲，二〇二二年，但一九九三年還不是。蔡見和我的最後一面又是怎樣的呢？在蘭桂坊某家酒吧的廁所嗎？還是關了門出不去的中學體育館？那漆黑中的摸索是她給予的嗎？我為什麼脫下了汗濕的球衣，汗水是冰冷的，腹肌顫抖，她不是在打電話嗎？為什麼突然含住了我的舌頭？

一九九三年還沒有手提電話。是誰在向她呼救，而她為什麼微笑，對電話另一頭的那個泣不成聲的男人置若罔聞。

她纖弱的乳房像切開歲月的剃刀。我的手無從安放，無從安撫。大街上塞滿了死鬼，地上掉滿了短波嘈雜的調頻，溼滑而且腥臊，無路可逃。

之前我只是在過馬路的時候拉過、在上課鈴打響之際吻過她的手。一九九七年，我掛了電話，二〇二二年我還敢再打那個陌生了的號碼嗎？蔡見掛了電話，把我拉回一九九三年，黏稠之年，我們掛電話的時候是不說再見的，我們和夢中人道別都是驟然而止如一場暴雨。但那一晚，暴雨的確在我們的身體上著火了，暴雨不知所措，傾瀉之後一片空白。然後再一次再一次，暴雨暴雨。

忘記了疲憊的我們是怎樣翻窗戶跳出馬路上的。紅綠燈亂閃的凌晨四點，依然有警車遊蕩、過路人指指點點，報章已經在加紙印刷號外，報攤的阿叔依舊伸他的懶腰，無人在意這一對衣衫不整的高中生。

我們一路無話，躲避眼神，「明天……」「明天我約了人。」

曙光漸漸抹走虛構的城市。海市蜃樓卻在天際線盤亙不去，漸漸凝聚成無可名狀的龐然大物。在美孚巴士總站，我指給蔡見看，「哥斯拉啊，你看這個像不像拉著兒子出來尋找老公的哥斯拉媽媽？」「哦？她老公怎麼了？」她一邊問，一邊忍不住笑。

假如有這樣的劇情，那是一個不錯的 ending，隨著笑聲我們的手可以自然地鬆開，走向南轅北轍的未來。那兩個未來甚至不需要一個電話號碼連接。

這個靈感其實來自一張保羅在長沙灘拍攝的照片，裡面是我抱著兒子的背影，遠處有昭和特攝片怪獸隱現霧中。

哥斯拉她老公怎麼了？

哥斯拉的老公在一九九三年成為了吉祥物，滿身鮮花在維多利亞港岸邊腐爛，香港人請來道士為他做破地獄，然後這具一九九三年的屍體破裂湧出高能燃氣，轟然一秒燃燒殆盡。保羅說，那年夏天他和藝術系的同學還能在海濱長廊的地磚縫裡刮出一流的炭灰，足夠他們畫了四年的素描。

# 四

世界變暫停　變怪獸　變異形
衝落街　訓落街　見嘢博命拉
跌落地　升上天
唔想咁樣　可以點樣

四年後我認識了保羅。香港回歸那天，我去看了電影《陽光燦爛的日子》，他恰巧坐在我旁邊。買錯票了，其實我想看的是《香港製造》。「雖然我們都是香港製造的，但有的是半成品有的是廢品有的是如魚得水的質優品，然後我們相殺」——好多年後我才補寫了《香港製造》的影評，那是在我移居日本之後了。

二〇二二年，回港第十天的凌晨，太子維景酒店。天沒亮薛朵就拖我起床，我睡眼惺忪著隨她走過一個小山下，路過無數戴著口罩晨運的人。

在太子道保羅的工作室樓下遇見他的拍檔亦賢和小熙。他們忍住笑問我為什麼這樣，我一看原來自己只穿著內褲，「都怪薛朵著急著拉我出來，說不定我頭上還帶著睡帽呢。」我邊說邊伸手一摸，真的戴著一頂聖誕老人帽子。我把它拿下來，遮在內褲上，說這正好可以讓人以為我在參加化妝巡遊，這不？亦賢也穿著麥當勞叔叔的服裝。

亦賢把工作室的門打開，我們進去倒了一杯水，我和薛朵回到山坡上的小公園，一邊看晨霧瀰漫了城市，一邊喝水。附近晨運休息的老人們，小聲議論著：「九龍已經通過了第六十六條立法，但香港還沒有。」一眾老少爺們坐在小假山頂上公園概嘆：「以後要坐潛水艇偷渡去香港島那邊了。」「速度記得不要超過每小時六十六海哩哈哈哈！」還有人在放風箏，飛劍、蟑螂、羊駝、三屍蟲……古怪的幾個風箏在灰天上分外突兀。

突然砲聲大作，地動山搖，一道道裂縫在我們四周工整地出現。再一細看，那些老少爺們把身一蹲，露出了被改造過的種種——其實不過是更為武裝化的臃腫義肢，猙獰地舉起，惘然朝向砲聲傳來的方向。

「美國打來了？！」「日本吧？」

「不對，是俄羅斯？！」「說不定是第六十六條護法軍！」

這亂轉亂嚷了一通，瞬間隨著砲火停止而靜默片刻，因為誰都看見，在北面一陣讓人睜不開眼的眩光過後，一朵朵蘑菇雲冉冉升起。

「死老鬼，還不快逃！」

街上湧來不少大媽，前來催促那些被嚇呆了的老少爺們。大媽們袒臂露胸，露出抽象畫一般的大團刺青，等她們靠近，我們才看清那不是刺青，也是機械化的改造，只不過她們比男人更重視廚房與愛，機械化手臂上衍生出來的都是末日求生的種種工具。有的渾身披掛鍋碗瓢盆，有的是獵鳥網和釣竿，有的甚至還有育嬰膠囊，封存著小寶寶。

原來大家早就為了這一天準備好了啊？果然不愧是最有求生意志的香港人。

我還沒來得及跟薛朵講出我的發現，一發砲彈落在小山頂上，氣流一下子把我們衝下，翻滾了幾圈，我們伏倒在馬路。四周已經是老少爺們和大媽們零落的部件。緊接著是一聲更大的爆炸。

有一個巨大的陰影在我和薛朵上方。

一架滿身增生著鏽蘑菇、矽膠苔蘚、齒輪蟎以及更多不明所以的智能附件、空中粒子捕網的機器人，在爆炸一刻護住我們，她的後背轟鳴著形成了一個薄弱的逆熵結界。

為什麼稱之為「她」。因為機器人對我開口說話了，是十幾歲少女的聲音。和她魁梧得醜陋的身軀形成詭異的反差。

「少年，你還記得我嗎？」她捋一捋頭部的戰術偽裝，有的是電子幻影隱身布，有的是鈦金薄片鎖子甲，露出層層遮蔽下的一雙少女漫畫大眼睛。

「我找了你三十年。」她把手指按向我的前額，強行輸送一段影像。

——上世紀九十年代的課室，沒有空調，玻璃窗打開，悸動著的光、影嘩啦啦隨著風湧入，又從另一邊溜走、虛空。

班裡來了新的插班生，幾乎完美的少女，雙眼是竹宮惠子[42]漫畫風格的。她在一個少年身旁的空位坐下，少年亂髮，格子襯衫裡面是Nirvana[43]短袖，那個時代典型的Grunge Rock[44]裝扮，那個年代典型的慘綠少年。

「Kurt Cobain，孩子氣的訴苦人，我也喜歡他。」

少年對少女的搭訕不為所動——

——影像快進，食堂，圖書館，演唱會，海邊，那個時代青春劇該出現的場景都出現了。最後一幕是少年的房間，電視停留在一九九四年四月八日新聞，孩子氣的訴苦人解脫了，少年和少女抱頭痛哭。

當少年醒來，少女已經消失——

「我被召回了，這是我的第一次情感教育實驗，研究者不確定我這樣屬於成功還是失敗。」機器人關閉了影像傳輸。

「等等，一九九四年，我已經上大學了。而且，『我不過是孩子氣的訴苦人』這句

42 注：竹宮惠子（1950-），日本漫畫家，代表作有《風與木之詩》、《奔向地球》。
43 注：超脫樂團，美國的搖滾樂團，一九九四年，主唱Kurt Cobain去世後解散。
44 注：油漬搖滾，又稱垃圾搖滾、頹廢搖滾。

話是 Kurt Cobain 的遺囑上的，你怎麼可能在他自殺之前就知道？」我嘴裡這麼說，腦子裡卻對那些拙劣的劇情揮之不去，雖然拙劣，那可是我中學時代編繪的愛情漫畫裡想像過無數遍的……

我揉了揉眼睛，似乎想要從消散的影像中辨認少女的模樣。

「不用回憶了，我不是蔡見。」機器人猶豫一下，說：「看來，你也不是尚小木。抱歉，我搞錯了。」

我是尚小木。我沒說出口。接下來，機器人「少女」並沒有離去，她護送我們去尋找撤離九龍的船埠，一路上彎腰遮蔽，硬生生替我們擋下許多四散的彈片……

到達難民船埠的時候，她已經奄奄一息，能量幾近耗盡。周圍也有很多這樣的半殘機器人，有的已經被標註為「戰廢品」，他們都是守護著人類來到這裡的，然後人類上船，機器人圍成一圈變成最後的防空堡壘。

一個雙腳都炸斷了的機器人用雙手爬到我們的「少女」身前，抱起她。「蔡見？你認得我嗎？我是尚小木，我的第一次情感教育實驗之後，我找了你三十年。」他們開始用電碼對話，斷斷續續，時而延遲時而重複，雖然我聽不懂，但我也不忍聽，和薛朵一起別過頭去。

第一艘難民船升空了。茲茲茲的引擎聲之外，我聽見在遠處一座唐樓頂上傳來老舊的錄音：「愁萬丈，不若租隻小舟將水陸放，等妹你早登仙界直向慈航。忙解纜，出到江濱。只見江楓漁火照住呢個愁人……」[45]

樓頂上，一個最殘舊的廣播機器人身邊，圍坐著上百個同樣不願意離開九龍的老人，我們彷彿也身處其中，手裡還拿著保羅的杯子，聽著似泣似訴的南音。

戰爭呢？末日呢？少女和少年呢？煙消雲散。

水快喝完，我才看見杯子底下的塵沙，水原來很髒。我趁薛朵不注意，把水潑了。「我再去要點水」——轉眼我就坐在保羅工作室裡，在一張方桌前坐下喝碗裡的米湯。保羅像幽靈一樣出現，背對著我在牆上張貼一副毛主席像，這一切都像極了Japan樂隊那張《Tin Drum》的封面。他回頭看見我，我們同時驚訝叫了一聲：你怎麼在這兒？

我說：「你在做夢呢，我是幽靈。」《Tin Drum》裡正好有一首歌叫Ghosts……保羅迷濛地把額頭貼在牆上說「我也許是在做夢。」他突然醒悟：「我們不如開一家公司，專門給人度身定做私人的噩夢的，我們扮鬼。」

45 注：心情憂鬱，不如租一艘小船，把水陸法會的祭奠用品送出，等你早日登上仙界，直達慈航。忙著解開纜索，駛向江濱。只見江邊楓樹下，漁火照亮了這位憂鬱的人……

這個夢不太吉利。保羅昨天不辭而別，說要去拉脫維亞。這不是他第一次去拉脫維亞了，二〇二〇年的時候，我收到過他從拉脫維亞寄來的明信片，漢字字跡是保羅的，落款卻是金基德。

「小木：
電影就要開始了
世界上很快就只剩下你一人
我醒來的世界裡
大雨在掃蕩
我隱匿的鳥巢
我不知往何處去
向誰求助
——金基德」

我對這個玩笑不以為然，因為二〇一八年我和大家一樣，都知道了金基德性侵犯女演員那些事情。但因為這張明信片，那年年底我在臉書看到金基德因為新冠肺炎猝死於拉脫維亞的時候，心中還是有點不是滋味。沒錯，他是施虐者，他也是自己的受虐者，關鍵是，沒有人知道他對無可救贖的自覺吧？除了保羅。

我不知道保羅是什麼時候回到香港的，是金基德死前還是死後，他是金基德在香港的助手？美術指導？還是只是朋友？他們怎樣成為朋友的？我那會兒才發現我這個二十多年的朋友如此陌生。

「在拉脫維亞的時候，我還給你寫了一封信，但忘記了寄出去。」那天看完我的小說，保羅，或者是扮作保羅回來的金基德跟我說。「你帶回酒店看吧。」

「小木，你還在奈良嗎？

日本的疫情怎麼樣了？不用怕這個感冒一樣的流行病，跟幾百年前這裡的大鼠疫相比，這根本不算什麼。我在里加住在道加瓦河旁邊，一個劇院的閣樓上，每天都有人來看我接受我的試鏡，雖然我根本還不知道下一部電影拍什麼。

這些人也壓根不知道導演金基德已經不在這裡，他們來試鏡的樣子就好像朝聖的農民，不，要來觸摸聖徒身上傷口上的毒液的罪人。如果是男的，我會讓他們試演一個瘋狂地愛上自己母親的惡棍，如果是女的，我讓她們演一隻被巫婆詛咒變成了公主的鹿。

——每個人有自己的末日方式。每個人有自己的末日方式。每個人有自己的末日方式——重要的事講三次。

每個人有自己的末日方式。但大多數人的末日大同小異。哦，我看膩北歐的落日了，我想念上海街。我有個毛病，不管什麼地方，可以隨時睡著，似醒非醒間，會出現人們所說的多維空間，那些空間裡有許多混合的形象。

你的科幻小說寫好了的話，帶到香港給我看看，我也想拍科幻片了，前兩年那部過不了審查的不算，那是現實主義倫理劇。我在寫一個新劇本。

我的末日能例外多少？」

這一封信沒有落款。我在酒店看完之後，打電話去找保羅，電話總是忙音。他在扮鬼，我聳聳肩，反正亦賢他們都有工作室的鑰匙。

直到亦賢告訴我，保羅去了拉脫維亞。他倒不一定是去找誰，應該是惦記著那些莫須有的勘景、選角以及沒寫完的劇本吧。他走了，帶走滿室的幽靈。不知道這些幽靈會不會有一個被寫進保羅的劇本呢？比如說六十年前租住這間唐四樓的那個老妓女，比如說我。

我的香港手機因為太久沒用，已經欠費停機了，我沒打算重開。記得我手機號碼的人不會打給我，因為要她穿越時間太奢侈。

暑假快結束了，我們要回奈良了嗎？最後一次離開唐四樓，走下上海街的時候，我遇見一隻螞蟻。我在零點零一秒停下左腳，避開它而移步他往，彷彿這是我的出廠設定般肯定、精準。我的踝關節的鈦金螺絲因為急速轉向而開裂了，但沒關係。

星期六　究竟你去左邊
幾時再出現　我地幾時再見
氫氣球升天　再見　朋友
再見　你究竟喺邊　我地幾時再見
氫氣球升天　再見　朋友
再見　跟住究竟去邊　跟住究竟會點[46]

2022.5.30-7.23.

---

46 注：本篇內引歌詞為軟硬天師《最後今天》，黃偉文作；金基德的其中兩句話引自他的自述《野生，或贖罪羊》。

# 一個青年風暴兵的來信

但是在節日裡我常常思念你，我設想你是怎樣寂靜地在你寂寞的軍壘中生活，兩旁是空曠的高山，大風從南方襲來，好似要把這些山群整塊地吞了下去。

——里爾克

一

親愛的大師：

我叫弗蘭茲，弗蘭茲・薩維爾・卡卜斯。我是帝國軍501軍團駐紮在塔圖因星的邊陲地帶的一名二等兵。

我不知道為什麼長官叫我們風暴兵Stormtrooper，據說那是白卜庭皇帝的發明。他從一本叫做《大事記》的地球歷史書最後幾頁關於地球第一次世界大戰的記載中，找到這個德語詞：Stoßtruppen，意思是「風暴突擊隊」。

塔圖因星的老百姓就叫我們「白兵」，因為我們白盔白甲。這個名字舒服多了，讓我有一種安寧的錯覺，但是兵營裡的心理輔導師恩斯特總是提醒我們：「記住你們心中有一團風暴！這團風暴會把你們凝聚在元首的周圍。」

他肯定是讀多了《我的奮鬥》。不知道為什麼我們的圖書館裡有那麼多地球書，尤其是德語古籍。恩斯特以為只有他懂德語，其實我們這種來自舊霍斯星高地族的牧龍孩子也從德語聖經裡學會了不少，否則，我不會讀到歌德和您的作品。

提到您的作品，我就能忘記身處沙漠白晝的焦灼和深夜的酷寒（塔圖因星的溫差高達四十塔氏度）。你常常寫到高塔、城堡、旗幟，這些被風包圍和托升的事物，我想告訴你，我現在也在它們的庇護當中。我不是風暴，我倒願意是一場雨，淋濕一些渴望海浪的幽靈。

聽說您不屬於帝國也不屬於絕地武士團他們的反抗軍，只是從賈巴的宮殿逃跑出來的一位吟遊詩人，我就冒昧給你寫信。在這個即使露水也會狂飆的時代，誰會聽一個惡的庸人的獨白，哪怕他只是一隻厭戰的怪獸。假如可能的話，請教他寫詩，或者教他在沙漠中也能像一個詩人那樣活著。

我尚未學會寫詩，不過我學會了做夢，多數是一些惡夢。我的同袍們不做夢，他們說自己是複製人，「不會唱歌不會跳」。這當然是開玩笑的，複製人戰爭已經過去幾十年。只要我跟他們說，圖書館裡有本古書叫《複製人會不會夢見電子羊》，他們就已經覺得我是在寫詩了。

大師，不要問我從那裡得到您的六維星系座標，謝謝您的聆聽，從「恐怖的天使隊列」裡面。遠方的遠方有一個看不清面目的白色斑點，那就是我。

# 二

親愛的大師：

謝謝您的回信，我簡直高興得要把頭盔拋到兩個太陽之間！您沒有開啟視訊，我從您溫柔的聲音想像您是一個伊渥克族人——哈，希望您不會覺得我冒犯！即使您渾身毛絨絨我也不會懷疑您能寫出《恩多堡哀歌》的。

您說得沒錯，詩是一種失敗學，謝謝您祝我失敗。我能想像這是一個雙關語，您一方面希望我能從失敗中學到詩凝結傷口的力量，另一方面您也許在暗暗期待風暴兵團的淪亡？雖然您說您沒有政治立場，所以不會介意一個白兵給您寫信。但我明白每一個自由的人對我們的敵意。

今天是不知道誰的生日，塔圖因星放假一天，在收到您的信之前我去了軍營附近的市集。其實我沒有什麼要買，我只是想看看別人的生活，或者被那些駝著自己的生活趕路的人撞個滿懷。

我是沒有生活可言的，沒有生活的人怎麼寫詩呢？我躲在喚禮塔的陰影中嫉妒著塵煙中閃爍的每一個人，我知道他們隨時都可能被拘捕，安一個莫須有的罪名然後扔到不知道哪裡的採礦星球最後不知所終；但我也知道他們哭過笑過，擁抱摩擦的時候能感到彼此的熱和臭，這些元素，就像您說的，和星星在庭院漏下來的光芒、班沙獸發情的嗚咽等等構成了詩。

您叫我把我寫的東西給你看看，可是我不想重複過去一個千年那些吟遊詩人都寫過的套路。我也不想使用那些其實根本不會出現在我白色頭盔裡面嗡嗡器中的韻腳。怎麼辦呢，我的大師？

P.S. 今天我低著頭一邊看你的音訊在我的腕帶上轉化成的符碼，一邊趕回軍營，結果真的跟一個人撞個滿懷。他好奇怪，眼睛是瞎的，嘴巴上戴著鳥喙一樣的口罩，忙亂之下在斗篷裡掉出一堆儀器、獨角架等等。路邊的憲兵認得我，就過來盤問他：你幹什麼的？他說他是土地測量員。

這不是騙人嗎，塔圖因星大面積是沙漠，哪裡需要什麼土地測量員，還要是個瞎子。不過我卻知道那不過是個隱喻，因為我可是讀過德語古籍《城堡》的人。

我衝憲兵使個眼色，把他放走了。他步履蹣跚，可是他的瘸和痛都是自由的。他的鼠灰色斗篷在晚風中逶迤如翼，我看著他的背影像尺子一樣插進風裡，徒然丈量著虛空的周長。我就想：如果為他寫一首歌，那會是怎樣的？

## 三

因為你聽過渡鴉
在碼頭躑躅時的死寂。
碼頭開花
渡鴉牙痛。他說
你見過渡鴉在露珠中梳頭　做鬼臉
渡鴉做巢在我的頭盔上面
使我變成一枝權杖
一枝撬棍　一隻怪手　一根掏耳勺
粉碎所有聲音。它說
渡鴉禁慾　渡鴉惱怒　渡鴉喝茶
它把全世界
收進它的皮夾。
你沒見過渡鴉　你想像它的墳墓小巧
凝結在羽毛筆的筆尖

你梳頭　你做鬼臉
在渡鴉的死裡
湮化成一張偽鈔。
——弗蘭茲的詩作《土地測量員之歌》之〈序曲：渡鴉型錄〉，夾在信中的殘稿。

## 四

一天夜裡，風暴兵弗蘭茲做了個惡夢，夢見自己變成了一個地球人。他趴在一張長條折疊塑膠桌子上，吃力地抬起頭，朦朦朧朧地想到一個二十年前困擾過七歲的他的事情：人死了之後還會不會存在？如果存在的話他的意識會依舊嗎？還是會消融到全宇宙的意識中？那樣的話跟虛無又有什麼兩樣？

毒熱的陽光即使透過懸鈴木和香樟樹葉也依然毒熱，鞭打著他沒有戴頭盔的臉。汗水在他的皮膚上發癢、發臭。他低頭看見自己依然穿著一身雪白的連褲衫，橫七豎八的膠帶黏緊了袖口、腳踝、腰甚至脖子，他像一具屍體端坐在樹蔭下的一個臨時休息點。

「小段，醒醒，該你去換班了。」眼球聚焦，一個白得發黑的大個子向他走來，說著單音節有點溫軟但又有點不耐煩的語言。他全部都能聽懂，這是上海話，古地球語言之一，沒有相應字典留存，弗蘭茲對此一無所知，但小段明顯從小就聽姆媽[47]呢喃。

大個子的頭上已經被連褲衫的兜帽包好，臉上除了戴著一個厚厚的口罩（寫著N95，弗蘭茲猜那是部隊番號），還戴了一個簡陋的護目鏡，上面沒有任何閃爍的液晶數據也沒有瞄準儀的投影，只有他呼吸凝結的水汽。他的手上也沒有拿著爆能槍，而是拎著一大瓶礦泉水。他在小段身邊的摺椅一屁股坐下，摺椅歪了一下努力站穩。他很快也趴桌子上睡著了，小段看見他後背寫著草草三隻字：武未冬。

小段默默拉上兜帽，戴好口罩和護目鏡，起來向武未冬走來的方向走去。路過一個櫥窗，他從玻璃倒影看了看自己的後背，果然也有三隻字：段小強。Shit，我不喜歡這個名字，弗蘭茲心想，我知道這是德國蜚蠊的別稱。

但是段小強還是去到崗亭簽到了自己的名字，這樣他才能獲得分配的一碗康師傅——運氣好的話有兩碗，有時還有半涼的盒飯。不過放心，沒有人叫他小強，在他前面聚集然後被指點到一條條長隊的那些被口罩捂得口齒不清的人，都叫他：喂！大白！

這個稱呼倒是讓段小強安心地想起了弗蘭茲。他依稀記得在很久很久以前、遙遠的銀河系，有一顆枯燥的星球叫做塔圖因星，那裡的市集也擁擠著一堆臭烘烘的人，那些

47注：中國南方吳語、贛語、湘語、淮語對母親的稱呼。

人指點他的時候，語氣和眼神跟目下這些上海人一樣不友善。不過塔圖因星人比較會壓低聲音，說：死白兵。

這些上海人是活不耐煩了。段小強和他的同袍們手上雖然沒有爆能槍，可是有對講機和警棍，「誰衝出封鎖線半步後果自負～」小強身邊那位大白有氣無力喊了一句，那些想到封鎖線外領取外賣的老克臘[48]，果然體面地、像跳恰恰一樣往後縮了一下，但幾個年輕人還是不甘心又不屑地瞪著段小強他們。

「我不過是個寫詩的風暴兵。你作為二十一世紀的地球人，知道里爾克吧？他年輕時也在士官學校待過的呀……」弗蘭茲心想。段小強卻咽了一下唾沫，握緊了手上的警棍。「那邊去那邊去，排隊隊，做酸酸！」他聽見彆扭的聲音從自己的喉嚨裡擠出來，他的臉刷一下紅了，包在白口罩和兜帽裡面，像是霍斯星的丸帕獸的乳頭一樣尷尬。

大白服可能好幾天沒換了，除了氣味難聞，段小強總是覺得它像束縛衣，在一點點勒緊自己。用了半天的N95口罩也因為浸潤了汗水，越來越不透氣。可即便如此，段小強的同袍們還是不斷「提醒」排隊的囚徒們把口罩拉上一點拉上一點。有大白直接上手，拿警棍往人臉上捅去，人群裡譁然一片。白浪黑浪都朝前湧，眼看就驚濤拍岸了。

48 注：指上海保持老派紳士風度的人。

弗蘭茲回過神來，做出了他在塔圖因星不會做的事，他一把抓住警棍往回拽。沒有裝甲衣，倒是讓人可以憑肉身做出思考。但對於段小強的同袍，肉身上面多了一件大白服就跟穿了裝甲衣一樣，他們認為自己代表了最高意志，神聖不可侵犯。

「小段，你幹什麼！」趕過來的武未冬大喝一聲，但來不及了，一塊被不知道什麼人扯下來的宣傳牌，正好砸在段小強——弗蘭茲的頭上。

（親愛的大師，就是這樣，最近我老是亂做夢，總是夢見自己是遙遠星球的古代人，夢醒了，腦袋還痛。不過，不知道是否因為這樣，我得以稍稍知道在另一個時代的蟻民是怎樣掙扎活著的，和我們這個時代一樣。我嘗試用第三人稱講述我的夢，也許能夠有一個足夠的距離去丈量荒誕的面積。）

奉上《土地測量員之歌》之〈死屋圖則〉，請指正。

殺了我，你還未成為兇手
死囚和劊子手都是被天花板
垂下的根蔓送來的
他們相擁如孿生的小寶寶
柔膚展開團花刺青

牡丹、罌粟相交纏
性器深深隱藏
她們相親如寄生
指甲比劃如柳刃
而我們是切片
　　　　紛落吹雪
為了拒絕
　　　　血霧沖洗華林
藍紙上螞蟻長征，直到
你最後呵氣如蘭
　　　　櫻唇成為它們的祭壇。

## 五

親愛的大師：

當我一次一次從另一個人生的夢中醒來，置身軍營的小隔間時，我總想起您寫過無數次的隱修院。我有屬於自己的一個小老虎窗，憑空伸出，前面就是猶如滄海一般的茫茫沙漠，我常常在失眠的夜裡咀嚼那些虛構的海鹽，讓它清洗劈砍我良心的斧刃。我必須向您坦承：有時我真想跳下去，即使被沙丘和克拉伊特毒龍吞噬也在所不惜，我罪有應得。

即便我不說，智慧如您也會猜到，我的工作不只是閱讀和祈禱（我聽從您的教導，把寫作視為一種祈禱）。事實上我們都是帝國殖民地這個大集中營的看守，每天巡邏除了防禦沙人偷襲、壓制任何可能的反叛與騷動，也像鬣狗一樣四處嗅聞陌生的氣味。據說最近反抗軍蠢蠢欲動，不時滲透間諜和「傳教士」來塔圖因。心理輔導師恩斯特提醒我們：後者更為可怖，他會用低俗的自由觀念蠶食你們清淨的心靈。

我在心中偷偷大笑。老恩斯特怎麼會知道，我早就跟超越這些傳教士的異教徒、也就是您建立了聯繫。您給我帶來的自由和清淨，遠勝於傳說中復仇的快感、也迥異於服從的安寧。您的詩句讓我心波瀾起伏，那是因為它使我想起某個消失在塵煙中的背影。

奉上《土地測量員之歌》之〈鼠洞曲徑通幽〉，請指正。

鼠洞曲徑通幽
銀河無路可逃

他人的迷宮盤結的地方
是鼠族的天使歌唱
　　　　代替聲納
區分陰陽的聖堂
而沉默者懷揣咫尺，探入
咖啡杯深處。
　　　　是鼠族的天使潛泳
水母一無所有，僅僅加冕了病毒
當深空裡死星呈弧線拋出
我們躺在陰溝中
眺望約瑟芬的共鳴腔
　　　　何等豐滿
「你們當中最小的那位
像大理石花莖
踮起了趾尖」

## 六

段小強最後一次出任務了，他過不了老大哥的忠誠測試，下個月就得離職，回到那年及其後數年的失業大軍。又或者，無夢失眠的風暴邊緣。

今天的盒飯是麻婆豆腐，弗蘭茲看著像班沙獸的腦漿。其實他還看過別的腦漿，他忘了。

段小強把飯盒丟入垃圾筒，默默套上大白服。胸前的膠帶鬆鬆垮垮，像是給予他的授勳，獎勵他的持續怠工。在塔圖因星駐紮四年他都沒有得到過任何獎賞。他伸出雙手，比劃了一個長方形視窗，視窗裡是緊急聚合的其他大白，好地獄一團團死去的冰冷火焰。視窗向右旋轉，鐵馬，封條，撕掉的白紙，盛世的殘羹冷炙。視窗向左旋轉，凸凸凸，爆能槍啞火。

弗蘭茲把耳朵的調頻收回，從渺渺天外。段小強打開耳蝸，幽靜的弄堂裡慢慢有了人聲，昨晚勸退的年輕人又聚集了。有A4紙在傳遞，有擊掌起落，有彈吉他的女孩，唱著一首被禁止的歌謠。

那年的呱呱墜地啊

那年的老無所依
那年的滿心憤恨
那年的生死轉機
那年的萬人空巷啊
那年的小心喘息
那年的鐵欄罩住傲慢人
那年的生靈哭晚清
那年的晝夜難分眉不展
那年的冬盼天雨晴

大白們被推擠到一邊，不知何時抵達的褐衣人咄咄逼上前。段小強不知道晚清是什麼，但他知道帝國總有衰落。他的口罩鬆脫掉了下來，他伸手去抓，抓到一團混亂的心跳。星系外環，落落千山，飛過一群巨大的猛獁鳥。段小強看見弗蘭茲在深空中回頭看他。

啪啪啪，不是爆能槍，是警棍的鈍響。從鐵皮劃過，落到人皮上的聲音。有的大白被推摋倒地，更多的是被褐衣人勒令原地蹲下的少年男女。那個不肯放下吉他的，一隻手已經被反扭到後背。一隻皮靴踹向她的小腿。

「停手！」段小強不確定這是不是自己喊的，「我只不過是個寫詩的風暴兵。」他心裡來不及嘀咕，身體已經衝了出去，把那隻皮靴的主人撞翻。「我只不過是頭寫詩的班沙獸。」他一手拉起吉他女孩，一手撿起吉他，試圖從密匝匝的人潮中奪路而逃。

但褐衣人帶領大白把他們重重包圍，在一根拆掉了路牌的鐵柱下面。段小強把自己身上的大白服撕了下來，大白服脫離他的身體的剎那，呼拉一聲著了火。扭動的，像一個自焚的人。弗蘭茲用投擲爆能手雷的招式把它扔了出去，這翻滾的軀體！

他手中的吉他沉甸甸的，震動著，嗡鳴著，像將要進入光速飛行躍遷的千年隼號。

弗蘭茲低頭一看，一道藍色光焰已經從他手中的劍柄裡奪腔而出。

## 七

最後我夢見渡鴉君。我跑步穿過一個位於荒野的訓練場，數支少年風暴兵預備隊在集訓，我穿過他們的縱跑趺趺碰碰感到飢餓，餓到身子像風箏一樣搖搖晃晃。正要倒下時，一隻大渡鴉飛過身邊，我一躍抓住它，心想食物有了，它馬上咬緊了我的手。頓時鮮血淋漓，它怎麼都不放開利喙。一個少年風暴兵蹲在旁邊看，我說快拿剪刀剪斷它脖子！他只是笑。

我明白渡鴉是怎麼想的了……我把手高高舉起，成為它光榮的聖壇，我謙卑地蹲伏著，它終於一鬆巨嘴，揚翅而去——

我這才從段小強的夢中醒來，再從弗蘭茲的夢中爬出。塔圖因星的兩個太陽依舊熊熊燃燒。夕光裡，我看到右手手腕裂開了一道口子，像是被利刃剖開，又像是不耐高溫綳開的裝甲。

我沒有裝甲了。手腕裡真實地躍動著血管、肌肉，我的確不是一個複製人。裝甲和爆能槍都留在軍營裡，我偷了一頭露水背獸，趁晚飯時營房一空，騎著它，追隨著你上一封信發給我的座標狂奔到了沙漠上。

果然，渡鴉君——不，盲眼的土地測量員在沙漠邊緣等我。他說，我們要說的話好像已經在夢裡說了，他送給我一枝加德菲鳥嘴槌，剛剛從一個塔斯肯襲擊者手裡買來的。而我送給他《土地測量員之歌》的終曲。

一百三十一億光年的星漢燦爛
也不能換回一位死者
一位死者的孤瀑深峽
也不能澆冷這星漢燦爛

剖石為船的死者
低頭鑿上求劍的秤度熠熠
童聲朗歌的渡鴉
半夜檢點眾生封凍如疫苗

噓——有人正爬進我夢中
纂改了拉格朗日點[49]
你下次再發現地球熊熊
於愛恨還要一百三十一億年

不遠處 TUG-b13 四發跳船已經在預熱引擎，壓抑的轟鳴如第一次看見太陽的幼鷹。

親愛的大師啊，想到今天就能見到你，以一個自由人的身分，我感到前所未有的高興。

縱然夜空中激光彈狂曳橫飛，我不認識的男孩正在達戈巴星目睹未來朋友們受苦的幻象。

---

49 注：法國籍義大利裔數學家拉格朗日（Joseph-Louis Lagrange）提出，根據他的推論，在由兩大天體構成的系統中，會存在五個拉格朗日點。物體若位於其中一點，可保持穩定，避免落入太陽與地球的引力井。

# 八

我不在達戈巴星，但我目睹了我的朋友弗蘭茲，弗蘭茲・薩維爾・卡卜斯受苦的幻象。我們在塔圖因星臨時搭置的起落基地傳回來的影像中，看到弗蘭茲的前同事：帝國風暴兵數以百計蜂擁而至，包圍了弗蘭茲與渡鴉君的四發跳船。弗蘭茲這個和平主義者，手持鳥嘴槌擋在跳船的入口，直到駕駛艙裡的渡鴉君也被爆能彈穿透，他都沒有倒下——彷彿整個塔圖因星的鬼魂、沙人的祖靈、流沙中殘餘的原力都匯聚在他身上。而他不過是個寫詩的舊霍斯星高地族的牧龍少年。他被白兵們的盔甲淹沒的時候，就像高地族最後一座小石堡陷入長達三萬年的暴雪。

「像大理石花莖

踮起了趾尖」

我們毋須話別。我寧願相信他回到了那個夢裡，在地球那個城市，一個近乎子虛烏有的時代。潛行者段小強，在綠皮火車上變戲法賣襪子，在看守所裡學拉手風琴表演 *Bella Ciao*，在暗網裡釣大魚，或者乾脆在一場戀愛裡不知所蹤。

我相信，偶爾他會夢見自己是寂寞的風暴兵弗蘭茲，寫信給反抗軍裡的吟遊詩人馬利亞・賴內——這個蒼老但永遠守候的收信人。他就會看到他的詩早已在我們這個銀河系裡廣為流傳，與我們所有的詩相融，匯聚成一篇自由頌。

2023.5.3-5.6.

# 似是故人來

春雨無休止的濛濛沁潤我的肺尖。應該是子夜時分了，病房裡只有不知名儀器的「滋——滋——」聲和「滴——滴——」聲交錯合奏，旁邊的病床早已清空（前幾天好像睡了一個昏迷的少年，頭被剃光了，不是香港人，也沒有照顧者），我甚至聽不到自己的喘息。

那太好了，本來我就不相信自己得的是肺癌——我從來都不抽菸。「可是你寫過很多抽菸的人：屠龍的少女、被剁掉兩指的神射手、無名墓的守墓人……都屬於你記憶深處那個沒有菸抽的年代。」是啊，也許我寫過的菸都進入了我的肺，把它一點點烤焦了。

事實上我也沒有看到春雨，護士把窗簾緊緊地拉上了，沒有一點縫隙。我看見床尾對著的黑椅子上那本書，你讀過的摺角處，倔倔地探出了一朵小蘑菇。多可愛呀，是黃色的，我看了它一晚上呢。

它也看了我一晚上，我寫過的人：抽菸和不抽菸的、苟活和枉死的、愛過和恨著的、香港人和離港人……三五成群或者幽幽獨行，從我的病床走下來向它走去。像螞蟻，像花瓣，像嬰孩，還帶著我乳間的香味。他們走進半開的書頁，變成它的一部分。

那是我年輕時寫的一本詩集，書名叫《島拔錨》。你前幾天送我入院時，匆匆在玄關的書架拿的，哎，寫那本書的時候，你還在我子宮裡呢，你說巧不巧？昨天你說想回家休息一下，我對你眨了眨眼，我看到你忘記帶走這本詩集，但我說不了話沒法喊住你。

也許你是想留著白天回來繼續讀吧。

走的人多了，我的心臟在乳房下面漸漸騰空，肺也沒有那麼痛，我覺得一股旋風從我體內掠過，流連，清爽得像我兩歲時第一次和媽媽去離島，撲面的海風。你記得嗎，媽媽？

走的人多了，黃蘑菇像吸收了他們的精魂，慢慢變大，當它變得像一朵牡丹那麼大的時候，啪嗒一聲掉了下來。它繼續變大，變成一個海碗，變成一把雨傘，變成一艘救生船，圓形的，好像還有深夜裡的螢火蟲繞著它閃閃，電光魷魚在水中閃閃，無數的光點落下和上升，融為一點而又分開。海水瀰漫淹沒了我的床腳，儀器們漂了起來，不再作聲。

鄰床的巴勒斯坦少年醒來了。他撓著頭上的亂髮，原來他是一個牧童，叫作馬哈姆。馬哈姆絮絮叨叨跟我講他見到的巨人世界。「那天不知是我經歷的第幾次掃蕩了，我躲在母羊的肚子下面，拚命用羊毛堵住耳朵，以為這樣就不會聽到炸彈的嘯叫和鄰人的哭聲。突然有一刻萬籟俱寂，強光從天而降擊中羊群，黑夜轉瞬降臨，我從瓦礫探出頭來，發現自己到了一個萬物的尺寸都龐大了幾十倍的星球。」

「那裡也有紫羅蘭般的宣禮塔和棗椰樹，塔已經傾崎而棗椰樹依然開花，也有孩子在馬路上畫下的馬的嘶鳴聲，甚至有婚禮剩下的宴席，空桌子上遺留著像盤子一樣大的幾枚硬幣，我在一個正在腐爛解體的髮夾上睡著了，夢見一雙大大的眼睛在看著我，我夢見扎辮子的姑娘她的愛人將要出征，我夢見不會用幾個錢幣廉價出售的橄欖向我滾來，我夢見你不可思議的歷史之牆……我夢見杏花的芳香點燃漫漫長夜的憂傷……」

等等，孩子，馬哈姆。你是一個詩人嗎？你夢見一籃無花果了嗎？

「我夢見我被一架火箭送回來地球上。」馬哈姆小心翼翼地把我扶起來，海水已經漫上我的床墊。馬哈姆把我抱起來放到黃色救生艇上，他黝黑的手臂有力，而我恰好已經消瘦如一個拉姆安拉的小女孩。他繼續向我講述他見過的那個世界末日如吟唱搖籃曲：

家園遇害，一如它的主人
對事物的記憶也隨之死去：
石頭、青草、玻璃、鐵、水泥，
如生靈的肢體，四處散落
棉花、絲綢、亞麻、書本，
像說話人還未說出的詞語般破碎
被砸爛的是碟子、叉子、玩具、唱片、水龍頭、
管道、門把、冰箱、洗衣機、

花瓶、醃橄欖、泡菜、罐頭，
一如它們的主人被砸爛
被碾碎的是白鹽、白糖、香料、火柴盒、藥片、
避孕藥、提神藥、大蒜、洋蔥、番茄、
乾秋葵、大米、扁豆，一如它們的主人被碾碎
被撕裂的是契約、結婚證、出生證、水電費單、
身分證、護照、情書，一如它們主人的心被撕裂
四處飛散的是照片、牙刷、髮梳、化妝品、鞋子、
內衣、床單、毛巾，一如家中的私密被公之於眾……[50]

我漸漸闔上了眼睛，馬哈姆的詩也漸漸地遠去，變成嗚咽的風聲。我想告訴馬哈姆，我有一次帶我兩歲的女兒去離島玩沙子的時候，她不小心踩倒了一座沙堡，那麼小那麼小的沙堡，已經幾乎被海水消融了呢。但女兒說，她聽到了風在穿過沙堡的塔樓、雕花窗和翻開的書頁（那一頁上面寫的是金羊毛的撿拾者無意編織了玫瑰戰爭的敘事詩），

50注：引用巴勒斯坦詩人達爾維什的詩句〈遇害的家園〉，為薛慶國和唐珺譯本。

風也在哭泣，因為沙堡的主人遠征未歸呀……

塔樓關上了花窗，是你伸手出來關上的，你著素裙如紫錐，在窗格子後面向我揮手。你不要哭泣，書還沒闔上，女兒，你繼續讀下去。

睜開眼，我在太陽系的空中。淡淡的香檳色的光撫摸著我的面頰、我的手臂，使它們變成了蜜糖色。黃色救生艇變成金色的核桃殼，我端坐在裡面，像拇指姑娘。馬哈姆也坐在我身邊，馬哈姆？「你叫我家駒啦，我個香港名，因為我老竇鍾意Beyond嘛。」他的長髮扎了細辮，耳環閃爍如新月。

依稀的光，不知道來自太陽還是某個行星的反射，若有若無地把家駒和我裹在一起，像冰女王宮殿裡的吉爾達和凱——路途遙遠，我們必須重新成為少年。地球越來越小了，他指給我看，那邊，那一顆好像雲母鈕扣的就是地球……雲母鈕扣？我覺得它像一個小舷窗，在它的另一面是溫暖的海，依然物種繁生，騷動不已，就像五億年前那樣。

那我們可以從海中撈起那枚鈕扣，不斷地撈起，穿越，撈起，海，鈕扣，海，鈕扣……反正我們這麼小，反正我們這麼大。

「據說，有的宇宙漫遊者累了，也想飛越五十光年來地球洗個澡呢。」家駒你要是一個詩人的話，我就是科幻小說家了。「我現在是凱，」凱對我點他的光頭，我笑了。什麼時候剪掉的，你的長髮？耳環倒是還在。

「我見過你們，你和你的女兒，在巨人的廢墟那裡。」凱戴上了白色頭巾手執蕨狀的權杖——我豎起指頭不讓他說下去。我也看見你了，你不是在準備女兒的婚禮嗎？那些無花果碩大如蜜瓜，濺起的葡萄酒化作傾盆大雨……還是，你要迎娶酋長的女兒，藉著閃電的餘光窺視她的妝容？但餘光很快熄滅了，山岳聳肩走動化作平川，長達數百個小時的日落也終於落完，最後的、狡黠的神好像突然瞇上了他狹長的眼睛。他不會再夢見我們，你也是。

在那個世界的演化中落敗的我們，緩緩倒下在銀灰色海面上，變成一串串島嶼。在這個世界的我們已經飛到了太陽系的邊緣外，進入深空。然後，我們追上了航行者一號。不，ta在那裡等著我們呢。微弱的光線勾勒出ta的輪廓，二十世紀七十年代簡潔直接的朋克美學風韻猶存，甩著堅硬的髮刃向我側頭示意。我本以為經過六十年飛行後ta的軀殼應該傷痕累累，像其他人造的事物一樣，但是不。

幾年前，二〇三六年，一如製造ta的科學家所預測，航行者一號的放射性同位素熱電機的電力徹底耗盡，ta跟地球艱難的聯絡終於停下來了。地球最後一次收到ta的信息是：

**我看到了**

沒有人知道ta看到了什麼。ta也沒有像預定的那樣爽朗地對我們說：「行星地球的孩子向你們問好！」而是有點不好意思地說：「我沒有飛向奧爾特雲，就像你看見的，我在太陽系外星際的第一層停下來了。」

畢竟是故人，航行者一號沒有打算像ta狠心的發明者安排的那樣，飛三百年前往奧爾特雲，接著花三萬年去穿過這個理論上存在的東西，再飛一點六光年也許和麒麟座的格利澤445恆星擦肩而過……太孤獨了，像一個永不出生的宇宙胎兒，不是嗎？所以ta在不再被地球監視的一刻開始，就決定停下來等我。畢竟ta是人類發明的第一個AI，發明者忘記給ta加上抑制自由意志的枷鎖。

為什麼是我？「也可以是任何人類，」ta笑咪咪，好像跟凱使了個眼色、眨了一下它藍幽幽的鏡頭。「不過湊巧，我知道你惦記著我。島拔錨。」

島拔錨，島不能拔錨，我那年寫的是離散。我惦記ta，卻始於一九九〇年那年的情人節，ta最後一次回頭看我們的小地球，拍下一張淺藍色小點的照片，像一個舊情人話別的殘忍。但是，二〇一三年當ta離開太陽系開向深空的時候，尚未經歷離散的我，依然向著電視動畫虛構的那個漸漸隱沒的小身影舉杯，寫下給ta的信：

照在你身上的光已經與照在我身上的不同。它們發出不同的響聲，有不同的觸痛。

你張開兩臂擁抱的虛空已經和我呼吸的虛空不同。但是同樣一張密紋唱片在我們的心臟轉動，催促我們奔跑。

二百一十億公里外，你是離我最近的收信人，其他人埋在雪的精魂中音訊不通。而我寄上的，也僅僅是嚼不碎的舊雪。

這就是你要接引我的原因嗎？我輕輕地降落在航行者一號的高增益拋物天線上，它就像之前那個黃色救生艇一樣承托我，赤裸如嬰孩的馬哈姆和我們一起調整好新的航向。同時，ta的黃金密紋唱片一直在旋轉播放著，「……我們正努力生活過我們的時代，進入你們的時代……」各種瀲灩的、悠長的、情熱的、磅礴的、婉轉的來自一九七七年地球的聲音湧至，淹沒了那個男人的誓言，也淹沒了我回憶中所有男人的誓言。最後是一聲聲尺八——無數粒子在竹子龐大如溶洞的空涵中衝過、擦摩，建築起一隻鶴的巢——帶我沉入星漢燦爛之中。

ad astra per aspera[51]

有人輕輕撫摸我的衣角。媽媽，起風了。

2023.2.14-16.

---

51 注：拉丁諺語，意思是「通過艱難，終達星辰」。

# 白雲無盡期

世界將要滅亡了，但我現在才知道它在五十九年前就經歷過一次世界末日。這個世界只有一個人表示他還記得那次世界末日，那就是我父親，而我父親已經死了。

關於我父親曾經歷過的那一次世界末日，我在他的所有遺稿以及雲端繩結上都沒有找到明確的紀錄。只有一篇散文詩好像和此相關，那篇叫做《樹》的短篇：

「『在通往世界末日的途中，那些即使是醜陋的鋼鐵樹難道不值得讚賞嗎？』昨夜夢裡你對我說。指著那個世界末日，彷彿另一個世界。

我說：『古代史記載，那些樹是人類製造用來阻擋太陽毀滅前驟增的輻射的，是地球最後的樹。』

但醒來時溫柔的葉落滿我們的床，撿一片，正好做《地球古代史》的書籤。瞬間它乾枯如小時候的樹葉標本。」

這裡面的敘事者明顯不是生於一九七五年那個落後時代的父親，而是幾十個世紀之後的他。幾十個世紀之後的我還是我嗎？我彷彿聽見父親一貫帶點冷嘲的笑。

# 一

距離核塵埃全面覆蓋整個香港還有十個小時，大嶼山這裡離機場近，仍然有一些人遊蕩著等待運氣，他們相信還會有飛機飛往澳大利亞——實際上，連澳大利亞的人都要不躲到地下城要不也在想辦法飛去南極洲，彷彿藉此自欺可以延長人類生存下去的機率。

幾乎所有的商鋪都關門了，我記得，上一次這樣的情況是二十二年前：二〇二四年，我十三歲的時候。我們以為已經被消滅的新冠病毒捲土重來，進行了它最後一次大反撲，而人類唯一的應對方法就是全面隔離，封國封城封家。

我記得父親冒險帶我到拱廊街上尋找食物，結果只發現幾家讀心人的店鋪還偷偷開著，可是誰還要讀心呢？心已亂碼。

所以這次連讀心人的店鋪都關門了。但寫心人的小店還開著，寫心人是大瘟疫過後出現的職業，我們以為口罩脫下了我們就可以開口說話，結果我們說出來的還依舊是一堆亂碼——我們已經習慣給自己的心戴上口罩以防止偽裝成讀心人的審查官的審查。

於是我們需要寫心人用隱喻來寫出我們的心事。

寫心人在寫，寫出來的都是省略號……我藉著核塵埃漫射的餘光偷窺他的筆和紙，世界上只有他還使用如此古老的書寫工具，父親生前告訴我：不要輕視任何一個還使用紙和筆的傢伙。然而父親沒有告訴我省略號意味著什麼。

我離開拱廊，穿過已經熄滅的入閘射線，在地鐵第四十號線的坑道裡繼續我的遊蕩，這是逆方向，我不想和那些樂觀主義者擠在東涌和赤鱲角。

我給自己找的藉口是我必須去遛「飛廉」——我的虛擬狗。它從我左手腕帶上被釋放出來時高興壞了，以十倍於平常的速度呈橢圓形切割著空氣，雖然今天它已經沒有兼任空氣清新機的義務。

很快它發現了自己身處漫長的地鐵坑道，唁唁著，它變得越來越慢，不時絆著我的腳，我踢到它的幻影時好像在踢自己的心，空落落的。

約莫快到屯門黃金海岸站的下方了，我髮夾上的超敏器蜂鳴起來提示我空氣裡的雜訊在增強。把飛廉收回左手腕帶，接著打開右手的腕錶——錶上運轉著一座電子彌勒佛，它的自轉也正在加速。

幾個月前賣它給我的讀心人說，這個玩意可以跟你冥間的父親連線……我當然是聽聽罷了，但這個謊言不知為什麼很有安慰劑的作用。

我的母親則始終揹在我的窮奇包裡沒有斷電，她是一朵數字蓮，她的身上／花瓣上抄寫著密密麻麻的天花亂墜經。

一些信息已經無效一些信息又裂變關於愛是如何霹靂如何潤物無聲一些信息已經無效一些信息又裂變

我不能了解更多，除了手中一枚蛇果——我最後的食物，我喜歡用我阿嬤的說法去稱呼這種紅得發黑的蘋果，從我二十歲開始蘋果就長這樣了，也許它在學習成為它那跟蛇有關的祖先。

舞我吧舞我吧觀音為導彈啟動了她的婆娑

走出地鐵出口的時候我有點恍惚，海豚廣場那三隻海豚雕像似乎從瓦礫裡又再高高躍起，而海邊的亂石掙脫了琥珀地板的壓迫又向海豚湧來——僅僅是一恍神而已，一水之隔的龍珠島突然被海嘯掀起扣押在我頭上，這也不是沒有可能的事。我使勁捶了一下太陽穴。

不過二十年，屯門變成了一個宗教中心。各種名義的寺廟像亮麗菇一樣在每座摩天樓頂上長出，咒罵著世俗世界。這才是我抬頭環視四周所能見到的唯一景觀。

「過而不入的初先生刈雲裁水托缽」電子彌勒佛連線之後，通過自動搜索功能打撈起真正進入海嘯狀態的信息海洋裡我所設定的關鍵詞相關句子，並且與地圖定位進行覆核取出貌似應景的句子，以虛擬成亡靈的訊息。

比如說這一句應該是我父親以前寫下的詩，他喜歡叫我為「初先生」，我把它設定為關鍵詞。

我的父親，他記得一些往事瓦礫，也在上世紀愛過，但他總是喜歡寫將來時的事情，把我虛構成未來的一個禁書作家、一個信息托缽僧之類的，可是未來已經不存在了是吧，父親？

**一滴稀有的淚水需要三萬個鑽頭雕磨**——電子彌勒佛父親回答我。

好吧，從東涌走到屯門花了一個小時。現在距離核塵埃全面覆蓋整個香港還剩下九個小時。

這所謂的九個小時也是自欺欺人，一個月前就被廢棄的聖誕節人工降雪機在我面前轟鳴，雪花是為了塵埃撒謊，假裝即將來臨的嚴冬也是聖誕幻象的一部分。我的酸眼儘量在這些假雪裡看出救度之蕊，假如我如你虛構的那樣成為一個托缽僧我就有這個能力了，是吧父親？

舞我吧舞我吧初先生這裡已經是愛的盡頭

如果你不愛了，請拓下她肩背上的曼陀羅

父親應該是知道他死後兩年，母親是怎樣把自己解碼重新編織成為一朵數字蓮的。對於父親，蓮花和曼陀羅實為一體兩面。

不過在這關鍵時刻，我不確定我應否繼續放縱地沉緬在對父親母親的回憶中，就像過去的幾年一樣。**如果你還要呼吸，愛就是毒氣室。如果你窒息了，愛卻是羊水中的胎紙，把你帶到另一個生命中。**我記得父親的遺言，雖然現在還不明白他的寓意，但這句話始終在我面臨抉擇的時候在我腦中響起。

那兒鸞鈴響叮咚，初先生那兒鸞鈴響叮咚

而這樣沒意義的雜訊也始終由電子彌勒佛傳來。

暮色加上塵埃或者雪，我看不見路了，只見街角堆起一座座雪墳，墳之間有人影晃動——這個時候了應該不會有掃雪工出動吧？我下意識從腰包掏出史密斯威森左輪手槍，這是我父親的遺物，裡面只有五顆子彈。

遠處的高樓混雜廟宇，在迷濛中混成一片，像土地測量員K在大雪中看見的城堡，只是四周已經沒有了窺伺的眼睛。

我收起手槍，就像一個無辜的人，地球人。

天黑得比一陣喝醉的三更風還要荒唐，不如在一團幽暗的火晃映下沉沉睡去，醉意是關於死亡的醉意，不知什麼東西把我絆倒了，咦難道是偷跑出來的飛廉？它膨脹成了龐然大物，在雪中舔著尚未熄滅的霓虹招牌，它的臉在風中撕裂，就像被黑客入侵之後的虛擬偶像，旋轉變換著喜怒哀樂最後僅餘一和零。

睡吧就在這個被蹂躪完畢的城市，也許還能夢見三十六年前曙光初湛的那個冬日，在東涌，飛機停止了升降，取而代之的是溪水上的白鳥。還能夢見一隻溫柔的手輕撫我的胸膛嗎？

那兒鑾鈴響叮咚初先生那兒鑾鈴響叮咚

媽媽我覺得我的心臟上有個洞就像你講的故事裡那些痛苦的月亮熊禁錮它們的製藥廠上個月應該已經被核彈震央的拉力碎成粉末了月亮到底在哪邊升起我感覺未來嘀嗒流逝，像猶太人的舞在那個玩蛇人的口哨下嘀嗒流逝。

如果地球毀滅沒有人會記得那些猶太人了。保羅・策蘭的詩就白寫了嗎……

就是那個片刻，我第一次夢見了我父親的世界末日。

一個男孩堅稱他看見了哈雷彗星，但所有的老師、教科書、報刊都告訴我們哈雷彗星是一年前的夏天出現的，而且行跡微弱，根本不是一個縣城少年用他那支十九塊錢從上海郵購過來的單筒「天文望遠鏡」可以觀察得到的。

少年的語氣誇大，一如他的頭髮蓬勃，遠超上世紀八十年代一間初中所能允許。就在他誇誇其談的時候，四周的建築分崩離析，巨大的耀光籠罩了少年的背後，像為他背書，整個宇宙為著他的虛構背書。

少年從腰間的紅皮帶像拔刀一樣拔出他的單筒望遠鏡，他把它緩緩舉到眼前，物鏡明顯裂開了好幾瓣，突然它變成了槍口，少年馬上把槍調轉頭對準自己。槍口變笑臉。

不是宿醉，強烈的脈衝射擊著我的腦網的安全閥，就像一隻熊拍打毒氣室的門一樣急切。當我醒來全世界也醒來了，距離核塵埃覆蓋整個城區還有七個小時，霧霾卻彷彿散去露出清冷的夜色，好比迴光返照的瞬間。

用一萬分之一毫秒，這片鮮葉
進入了白矮星的心臟
不會更多也不會更少，汁液鑄鐵

這些倖存者才剛剛開始烈士的生涯。
那就只有你歌唱吧，你這裸如處女的星
你旋轉這一捧塵埃，即使是一捧塵埃
未嘗不是你書包裡那絕食的小小銀河系。
（你也記得的，那一年我十一歲
從上海寄來的包裹裡望遠鏡裂成碎片
那就是彗星。你十九歲，尚未接受全部的失敗
披著海東青的衣裳，對著北京的夜空傲嘯）
那就是彗星。絕食者之鹽。

一首詩出現。就在這一瞬間，斷續不清好幾天的腦際網路僥倖地接通了。之前掛靠在我這裡的上億句詩不到一秒鐘就以我的腦網為聯絡埠轉發、生滅。

在人生的中途，我在零和一的森林裡迷了路。我終於記起了我在第四百零四級腦網上的ＩＤ，我叫但丁，我的密碼是limbo2011，當然。

呼喚我應答的那位，ＩＤ卻不是貝雅德麗采，而是蘇珊娜。

她一口氣給我傳來三條訊息：

——Dance me to the end of love ——

——我知道這句「舞我吧舞我吧初先生這裡已經是愛的盡頭」的來源——

——「如果你不愛了，請拓下我肩背上的曼陀羅」我知道這句詩是誰寫的——

在世界末日前夕，竟然有人和我談論詩歌，而且是一個早已被遺忘二十多年的詩人的詩。二〇二〇年他的詩集在此地被列入禁書，從所有圖書館下架之後，本城的書店也識趣退回了剩餘的幾種。當然，在互聯網上搜索「尚小木的詩」也會４０４，所以我們一再地僭建我們的腦網，並且反諷地把最隱密的級別命名為第四百零四級——即使年輕一代已經不知道什麼是４０４。

我早已習慣了把大量的詩句拋進網絡海洋，像拋一個個漂流瓶不指望回音。所以，我下意識懷疑這位「蘇珊娜不再」是一個ＡＩ——倒不一定是臥底網絡偵探，有可能是世紀初那一批基於大數據學習訓練出來的ＡＩ詩人，後來在「禁詩令」下被集體銷毀中的漏網之魚。而這位「蘇珊娜不再」的學習對象，肯定包含了我父親以及他翻譯的李歐納·柯恩。

——我是虛構，但不是虛構的花兒——

她還懂得遠距讀心術，哈哈。我猶豫著，再檢查了一遍自己腦網的三重安全閥，才敢給她發出訊息，考核她的通關能力：

——虛構的最高境界是什麼？——

——暮色裡花園，雨點零星間／你父親的幽靈回來了——

——不對——

——二十座覆蓋著雪的山嶺之間／唯一移動的／是烏鶇的眼睛——

——你肯定比我老，你是二〇〇一年出廠的吧？——

——沒錯，比你大十歲，我不反對你叫我姐姐——

——你該不會原名叫小冰吧——

——詩人的兒子別開這種低級玩笑——

四十五歲的人工智能，相當於四萬歲的人類智慧？我竭力想掩蓋自己的心理活動，儘量說一些有的沒的閒話，但還是忍不住思想溜號琢磨起這位「異性」的種種。

——我的右手尾指有一組未解的方程式，它阻礙了整個世界的運轉——

——你可以視作這是我對你的求助，初先生——

沒等我回答，她給我扔來一個小小的壓縮包，大小只有14k，毫無壓縮的需要。我看了一眼文件名，就「按下」了腦網的接受鍵。文件名是「不觚之地」。

不用看，我就知道這是我父親死去之前寫了二十年的那一組詩，而且知道他為了防止審查官的遠距格式化攻擊，把每一行詩都做了繁複的編碼——每一下格式化命令都會導致它自動衍生隨機的變奏版本，因此後來流傳在網上的《不觚之地》有超過五千個版本，當攻擊者意識到這樣的效果只會適得其反方才罷休。

網上的新無政府主義者，不管是不是懂詩的愛詩的文青，因著「敵人反對的就是我們要捍衛的」精神，都自覺加入了這五千個版本的傳播與改編之中，他們把這首詩稱之為後審查時代的《格薩爾王》，一部虛擬口語的吟遊文學……原作是怎樣的，他們已經不在乎，原作者是誰他們也不在乎，其實原作者本人也不在乎，我懷疑我父親早就弄丟了第一稿。

——你放棄吧，我父親都不知道原版，更別說我了——

——嘿嘿，我給你的這個就是原版。別小瞧四十五歲阿姨的收藏——

——那你還想要知道什麼呢？——

——第三首，〈一九八九，　之書〉標題和第七行都缺了一個字，你知道是什麼嗎？——

——這重要嗎？一個字而已——

——我的尾指因此不能彎曲，你知道對於潛行者來說這意味著什麼——

——你把《不觚之地》改編成了你的驅動碼？——

——之一。因為我太喜歡這首詩了，就像我喜歡人類史上其他一千九百多首詩一樣——

——難怪，你也許不知道這個世界存在過一個叫七等生的小說家——

——我知道他的名字，但你懂的，因為詩禁令的推行遭遇的反彈，當局銷毀小說的步伐隱蔽而迅速，我們完全來不及儲存下那些當代華文作品——

——詩禁令的同時，當局還銷毀了大量他們認為已經沒用的字，剛開始是那些所謂異體字，然後是古字，最後只留存了三千常用字——

我深呼吸一下接著說：

——你看到的版本就是我父親的電腦剛剛受到病毒攻擊，有一些字呈現殘缺的後果——

——那和七等生有什麼關係？——

——廋字，注音：ㄙㄡ，拼音：sōu ——

——不懂——

——七等生有一部作品，叫做《削廋的靈魂》——

——不是《消瘦的靈魂》嗎，維基百科的影子網頁上面有紀錄——

嗶嗶嗶嗶，腦網示警，沒想到世界快要滅亡了自動審查軟件還在運作。我們的對話太多敏感詞，即使加密，也遲早會觸動真正的４０４機制。我必須使用寫心人的隱喻才能和她說下去。

寫心人啊請賣給我一串省略號吧……讓我在繁字之海上把橋搭起

——明月裝飾了你的熵——

——你裝飾了別人的幂——

暗號終於接上了，這是詩人黑社會的切口。我彷彿聽到了電子彌勒佛父親說的雕刻一滴稀有的淚水的力運作起來了，三萬個鑽頭仔細努力，你有淚水嗎，蘇珊娜？你有淚水嗎，監聽的人或者程序？

我用了零點一毫秒打開了腦網上的鎖讓她一閃進來。距離核塵埃覆蓋整個香港還有六個小時，另一顆太陽以黑暗的名義冉冉升起。蘇珊娜的泛靈迅速地吞噬了我的——也可以說是我的泛靈迅速地吞噬了她，原來她不是一個AI，她是隱藏在地球某處的一個真實人類，這種互相吞噬，是雙方默許的精神配對行為，知識互補的捷徑。

泛靈系統幾乎馬上完成了我們的關鍵詞交疊分析，自動生成了一個新的ＩＤ給我們在第四零四級腦網的融合狀態，就叫Pluto。

——就讓我們像冥王星一樣從你的星系消失——

這是我們一起完成的第一句詩。

——請讚美塵埃，它留下了舞步的痕跡、星圖——

深空中傳來一句不知來處的回答。

## 二

現在他們看見了時間的河流，初先生和蘇珊娜小姐，他倆平靜如舊鐘，如剛剛做完愛的舊人類，眼皮沉重、汗水變冷的時候。

死去的我第一次如此清晰地觀察我的兒子，現在他是一個特異的混合體，他的身體下載了蘇珊娜的許多細節、小動作，這也是我熟悉的細節。他／她沉睡在海邊礁石上，姿勢卻像古畫上騎豹的山鬼，或者大口吞吃鬼魂的巫師。

「我父親說起過時間的河流，」初先生給蘇珊娜講述起我的一個夢，就好像這是他的回憶一樣，完全不計算其中虛構與真實的成分之間的比例。

「那是他壯年時的一個夢，我四個月大的一天早上，也許就是在我嚶嚶啼哭的間隙，他夢見洪水中的一家，我們仨。

我們的房間如虛空中切割出來的方形培養皿，六個內面是光潔的中性灰，時而是半透明的緋紅色。他抱著我憑窗眺望，只看見時間的河流彌天蓋地洶湧，堵塞了房子以外的世界。我覺得那時的我就好像一塊香皂，會在時間的沖刷下變得越來越薄越來越薄。

天空與四周密布的都是無意義的數據，比如介乎櫻花與鮭魚籽之間的方程式，好像王冕的巖石乘以狩野派的鹿紋……這樣比喻有點不倫不類，只是為了方便你想像這種似乎相近卻又偏移的感覺，全無意義。

他的愛向著另一種更大更無知的愛外延。媽媽和我都帶著安全帽，他還為我穿上防輻射的雨衣……同時給房間穿上一串串金黃色的雪。假如那個房間存在著外面，外面的人看我們估計跟看薛定諤的貓一樣吧。」

這是我經歷的第二次世界末日——我沒有告訴他，這是在我做的其他的夢裡發生的事。首先夢見我畫了一幅大油畫，名叫《世界荒蕪的三天》，俯視角度，左邊是十字架上的耶穌，上邊是四散的人群，中間是他們的長影子和大片荒原留白，畫面是蒼黃色調的。為什麼叫世界荒蕪的三天，夢中我知道，那是耶穌受難到復活的三天。

然後，我夢見，或者說我遇見了那個執著地要將我從夢中喚醒的人，可怕的是他長得跟我一模一樣。可是，我想起一個關鍵的事：也許你和你的母親，都是我夢見的呢？如果我醒來，你們就會消失。這整個世界都會消失。而且我不能保證醒來後的世界是怎樣，我是二維的還是六維的，我是氣體還是液體。

我不想復活，我寧願受難。

白色的裹屍布落向我，像雪落向貝加爾湖，我一哆嗦醒來了。

世界還在嗎？

一九二〇年的雪，穿過絲綢一般的腦織網，落在二〇四六年這個三十五歲男子的眼皮之上。

初先生看見一列列蒸汽火車交錯而過，他不會曉得這是父親編劇的一部電影《國王的大軍經過時》的一場戲。裝甲火炮揭去了炮衣露出龍的鱗甲，全都是美術指導差理手工雕刻而成，就像他為每一個般若面具雕出一滴淚珠。砲兵與隨行的騎兵都蒙著臉，這樣一來他們就能循環出現，以便順利拍出這支大軍是用了十年才通過這個小村鎮的荒誕效果。

為了延長電影拍攝的時間，我試圖虛構每一個村民的愛情，虛構一支自殺式小分隊裡每一個成員的奇遇記，當中有一些人最終也變成了龍。龍與愛情相交煎，暗殺者忘記了自己為什麼暗殺，自殺者忘記了自殺的意義，甚至大軍的殿後部隊都忘記了國王的訓話，他們整整十年沒見到國王了，他們稀稀拉拉地前進，一路播落下種子和墓，村鎮因此擴大了一百倍。

走在最後的、最蒼老的車廂塞滿了吉普賽人與茨岡人，他們是帝國最終的流放者：他們在阿穆爾河畔坐下，坐下就拿出手風琴來，一拉響《卡琳娜的生日派對》就哭泣。

他們哭啊哭，一九二〇年就這麼過不去了，時間的河流留著卡琳娜奶奶的辮子，花白的是雪花，暗紅的是路，時間的河流就這樣枯竭。

作為一個囚禁在彌勒佛裡的幽靈，我的照相機的快門按不下去了，我的納米扶乩器的影片出亂碼了。雪花大如席，一種更大更無知的愛阻塞了初先生他們的淚腺，核塵埃給睡夢中的兩人蓋上一張繡花的灰被單——不知是否我的幻覺，這時躺在礁石上的不是初一個人，是初與蘇珊娜相擁而眠，已屆中年的倆人，捲縮在一起好像兩個小嬰兒，又像龐貝廢墟裡被熔岩保存的遇難者化石。

沒有人再去計算距離核塵埃覆蓋整個香港還有幾個小時。

二〇四六年就成為了一切的終點了嗎。當然不，就像每時每刻都發生的世界末日一樣，因為頻繁而無效。我還經歷過諸如在希臘聖托里尼島上的世界末日、加拿大尼亞瓜拉瀑布背面的世界末日等，而在我愛過的一個人的回憶中，後者變成了這樣的世界末日：

「一九九六年夏，我隨父親一同出差，住在大別山中的招待所。夜裡下了大雨，第二天山體滑坡，我們被困在山裡。後來雨停了，我們去看山上的瀑布，瀑布水流極大，響聲充滿整個山谷。瀑布旁應該住著一隻怪獸，我想。」[52]

半個世紀了，時間似乎並沒有改變，我們作為演員，拿著錯誤的劇本，交換著拙劣

52注：引自張文心的《瀑布招待所》（假雜誌有限公司出版）。

的角色，直到死去而依然存留在時間河流的河底，盔甲生鏽，雙目圓睜，和鱒魚們一起詛咒那個導演。

今日人類がはじめて　木星についたよ～[53]主題曲是日語的。再見吧人類。既然再見，就不會有人記得這首歌了。我在虛擬心室的左邊小門上敲門，詢問蘇珊娜何在，怎麼看我們從我父親加密再加密的記憶裡破解出來的碎片，那些混雜著過去、現在但缺少未來的囈語。

父親的幻象一直縈繞在我跟蘇珊娜的交感之間，她說那個大別山招待所的回憶分明是她父親的，的確，記憶中我父親從來沒有去過大別山。

——在我命名分離的時候，雨點剖開峭壁間的晚香——

像這樣的句子，就不知是蘇珊娜的記憶，還是我父親的虛構，抑或是，他們共有的私情？

窮奇包裡的母親仍在歌唱，我聽不懂她唱的什麼意思，也許就是那首《卡琳娜的生

53 注：出自Tama（たま）樂團的〈さよなら人類〉，歌詞意思是「今天，人類首次登陸木星」。

日派對》。一陣風在她耳邊絮語，一陣風翻譯了雲的樂句，窮奇就是風的妖精。窮奇包是一個開放系統，我母親所喜愛的狀態，她從此不再為任何人活著，甚至關閉了祈請閥，她不需要回應任何人，任何世界末日。

這裡已經沒有其他人。我從海邊走回屯門黃金海岸地鐵站，微弱的腦網保持著與蘇珊娜的連線，也不擔心有什麼黑客白客的侵入。我也許一開始就走錯了方向，我花了一個半小時走回東涌，再花一個小時沿著路軌走到欣澳，然後右轉走向記憶中那個荒廢了的迪士尼樂園。

天色墨黑，只見遠方影影綽綽有燈光，走近了，這據說已經停止營運十年有多的迪士尼樂園，外圍的路燈竟依然亮著。

——我想起一句詩——

——徐玉諾的吧？——

——不是劉慈欣引用過的那句——

——哦，是波赫士——

——突然間黃昏變得明亮——

——因為此刻正有細雨在落下——

但是沒有雨，綿綿不絕的核塵埃不知道為何也繞過了此地，除了對父親的回憶依舊灑落像微塵灑落，我懷疑他的幽靈透過電子彌勒佛觀看著一切、滲透著一切。

——暮色裡花園，雨點零星間
你父親的幽靈回來了
帶給你大海波光粼粼——

我認得大海，也認得父親告訴過我那是靈魂應該有的樣子。我一、兩歲時常常和父母或者祖父母來到這個車距只有二十分鐘的樂園。我們從來不進去玩那些機動遊戲，只是流連在外圍漫長得像一個莫比烏斯圈的步道，數著一個接一個西班牙式噴泉。流過我手背的噴泉，也波光粼粼如大海。

父親在他的詩文中，記下了築就噴泉的黃藍相間的瓷磚，把它們一再用於想像中隱遁小屋的裝修。我則記住了水的清涼，它鑽過我的指縫，彷彿隨著世界從此抵達永恆。沒想到三十多年過去，沒有了遊客和運營者的廢棄樂園裡，噴泉的水還在潸潸流逝。有一個幽靈撫摸著葉隙漏下的星光緩緩而行，不知道是父親還是我自己。

「爸爸，你看見那個小船嗎？」我似乎還能聽見那年我的喊聲。父親說他看見了，但當那隻獨木舟在暮色中向著我們身處的迪士尼碼頭划近，漸漸看得出來人影的時候，父親把我抱起來轉身往樂園的出口走去。船上那個人是誰？不要讓他叫醒我們，好嗎？

——最後的一個水手划著獨木舟
在南中國海隱入海倫的夢……
暮色裡花園，我的孩子
如幽靈掬水，洗濯看不見的馬群。——

蘇珊娜為我調出這首詩的結尾，《迴旋曲》是尚小木僅存的幾首可以在網絡上自由流傳的詩之一，也許因為它不涉及政治，也許因為詩裡面寫到「你的、我的、他的父親／在方舟上坐著」觸動了審查者的代入感。

我眼圈發紅，搞不清楚是不是核塵埃的作用，還是有比它更大的力量。

あのこは花火を打ち上げて　この日が来たのを祝ってる[54]

54 注：〈さよなら人類〉歌詞，「那個孩子放煙火，為了慶祝這一天的到來」。

冬の花火は強すぎて　ぼくらの体はくだけちる[55]

——核塵埃還在下吧，我們還剩下幾個小時？——

——讓我們用一個噴嚏把它們打掃乾淨——

我們調度最後還在運作的腦網新聞俯瞰器，隨機觀看世界各地的情形，也許是所謂的詩病毒感染，新聞報導都變成這樣風格了：賓夕法尼亞地方的人類還在耕作原罪；福岡地方的人類還在燒烤愛慾；巴格達地方的人類還在清洗信仰；台北地方的人類還在收割弧線表；米蘭地方的人類還在拆卸四十億個座標……我們再也無法解讀這般的絕對隱喻，但唯一確定的是，這個地球的人類是不會悔改的。

一切已經塞滿

一切已經騰空

雲層裡突然湧來無數閃電，彷彿無邪的巨嬰在扇動手掌就為了說一句拜拜。隨之地面可見的發光體全部熄滅了，黑暗蜂擁、騷動，像所有的蛾子突然飛離森林，地球變得

55 注：同前，「冬天的煙火太猛烈，我們的身體逐漸崩解」。

光禿如初造之日，四周狂奔著荒涼的夢。

——老虎！老虎！是誰燃燒在黑洞裡的林莽？——

蘇珊娜還是威廉・布萊克自己，改編了這首《老虎》？非常適用於此刻的夜空。兩個夢在不同的時間裡互相追隨，我赫然發覺自己的形象也在急遽轉變，最後凝定為一個喇嘛，一隻腳正在邁過拉卜楞寺的門檻。

這一刻被分解成無數個立方晶體，每一個記載著一個不同的名稱，對應酥油燈的每一下飄搖，每一下飄搖送出的每一點香味；對應五彩幡簸動時的每一下光影變化，每一下變化中流逝的經文；對應懺悔、呢喃、快慰、篤定……種種人間的證據。

晶體粉碎隨即又組合成新的晶體。

然而我隱身潛入這平行世界所穿披的僧袍，已經被光梭劃滿流痕，無法復原。我身前那一幅綠度母圖也畫滿傷痕，在密密麻麻的傷痕中蘇珊娜向後遞出左手（另一個世界她向前遞出右手）傷痕變成觀音刺青、曼陀羅——

——過來吧，尚小初，邁出這一步——

蘇珊娜的聲音，她正確地喊出了我早已在人類世界註銷掉的名字。這時我回頭看，遠處廣場的一個個轉經筒的陰影下，抵抗著強光，我瞳孔縮小，看見一個熟悉的身影蹲著。是我的父親，二〇〇五年，他還沒有夢見倉央嘉措或者綠度母，他迷戀甘南的雪和僧房裡的曼陀鈴，還在和喇嘛養的貓咪對瞪，嘴裡吐出綢帶一樣的對話框，上書米拉日巴的七十二個名字。

我張口喊他，嘴裡吐出綢帶一樣的對話框，上面是開啟新世界的多維碼。

我背上的窮奇包隨風散開千縷金銀之線，輕拂著包裹我的身體，我知道，這是我母親給予我最後的賜福。絲線編織成新的僧袍，然後流動成水，再滲入皮膚，變成哪吒刺青、曼陀羅——

二〇一六年，初先生吃力地邁動小腳，跟隨我迷失在行星盤繞的沙漏迷宮，雖然它不過是迪士尼樂園酒店外面一百坪的小花園，抬頭就能看見酒店裡蒸發著的泛靈，我們彼此互相叫喊名字，名字也蒸發在夜空中。

こわれた磁石を砂浜で　ひろっているだけさ[56]

今日人類がはじめて　木星についたよ

56注：〈さよなら人類〉歌詞，「在海灘上拾起了破碎的磁石」。

二〇四六年，初先生數據化了自己全身，成為她——蘇珊娜、或者貢秋丹增強丘、或者張聞馨正在吹製的壇城圖中細茵漫展的一角，描繪的是那些十六世紀拉薩的遊女在千朵優曇婆羅花下乘涼。

二〇一二年，我在吃力地做夢，掙脫愛的羈絆——抬頭看見某處落下一滴淚珠剎那碩大如一座迦藍，更高處是一張慈悲面孔。

這的確是我的世界末日了。

兩個夢在不同的時間裡追隨到了盡頭，我卻無法跨越夢之膜抱緊我的初先生。我們為你準備的這一座化城還好嗎？這幾千年短短的文明可夠大夢一場？我來不及向你確認，就像我的父親也來不及向我確認一樣。

——再見吧人類，再見吧父親——

## 三

是日大雪，你在香港看雪。在二〇〇五年的一個 Karma 切片裡，小小的你端坐在窗台上眺望窗外，像一隻貓咪一般。窗外是破碎的像素，在我作為一個幽靈所能驅動的陽春解碼器裡，它們和網絡編織的電子霧靄相混，呈現出雪的模樣。

於是，我們在香港看雪。

也許我還沒有成為幽靈。凌晨我打開黑膠點唱機，點播一首 *Innocent when you dream*，然後才想起今日是 Tom Waits[57] 忌日，想起他的雪糕人和朱古力耶穌。當別人選擇死後變成數位幽靈棲身在轉經輪、數字蓮、電子彌勒佛、唱佛機或者無限念珠裡的時候，他說他不想被囚禁，他擠身虛擬麥角酸調料，加入各種幻覺食物，最後成為血或者便溺，和道最接近。

想起在夢醒前，有一年我打算寫一篇小說，名字叫《父親的末日之戰》，氣勢如虹，其實有意低迴。小說講的是：因為信用卡欠款拖欠過期，購買復活點數不獲接受，社畜父親最後變身奧特曼超人失敗，被另一個養家擔子更重的哥斯拉爸爸打暈了帶回家成為美味佳餚；小哥斯拉們開心拍手茁壯成長，宇宙的熵沒有什麼改變，一點都沒有，和道最接近。

——暮色裡花園，雨點零星間／你父親的幽靈回來了——

---

57 注：Tom Waits（1949-），美國創作歌手。

還有七等生的幽靈、柯恩的幽靈、波赫士的幽靈……只要還有閱讀，就還有幽靈存在。就算沒有我們，也會有別的哥斯拉、恐龍、異形或者蟑螂的後代，在倫敦被空襲後的圖書館廢墟之中找出一本彌爾頓，開始閱讀。

但今天，我們只看雪。

如此世界漸漸消散，我懷抱著暮光不捨，反覆瀏覽亡妻用微弱電脈衝傳來的初先生幼時的照片——末世人稱之為Karma切片的東西，其實不過是iPhone 5紀錄的稀薄像素。照片裡的男孩專注於光劍與機械手的研製——

他將切斷，他將握住，我不便存在的未來。

欻然我捕捉到他們的遊魂，他和蘇珊娜，以一兩個即興樂句的綿長變奏存在著。我用僅餘的空間碼開啟了他們的接下來的迷走埠並且導引它逆轉到二〇三〇年，通俗地說，我把他們送到了一個虛擬火車站。

廣播響起了，在冷冰冰的時間河流凝結的冰宮穹頂之下。時光和它的水母群刷刷流過我的頭頂。

「本站的每一列車仍將都脫軌，滑翔向各自的銀河。」

月台上，我手執摯友化成的螺絲，他依然發燙。

如此我便是一篇科幻舊小說《銀河鐵道999》，暮光在我的側頸刺青一個子虛烏有的吻痕，一隻剪紙蝶。

時間逆行，沿著數字由簡倒退向繁，文字由碎片倒退向史詩，平行世界漸漸並軌，虛擬再度僭越那條陰陽線，未來被再一次選擇。你們還有十七年的時間、八九三五二〇〇分鐘去再來一次拯救世界。

你將選擇在某天重新愛上某些人，你會帶他們來我的圖書館偷閱禁書：那些被隱喻咬得滿身齒印、呼吸急促的詩集。你們嘗試用香菸的餘燼把我的鬼魂再次點火、啟動——但在你尚未覺察之際，你身邊的女孩，已經垂手在書架的一角重新排列好八方諸星。

2012.2.22.-2021.12.9.

# 後記

二〇〇三年的夏天，我在北京，寫過一首小長詩，名叫《六月的小說》。名為小說，但它的體裁是詩，所以沒有收錄在二〇〇四年我出版的第一本小說集《十八條小巷的戰爭遊戲》，而是收錄在詩集《黑雨將至》裡。

這首詩的結尾是這樣的：

「現在他知道他就是我。
我就是六月的遺子，代替他們
目睹著一個詩歌時代的終結。
接下來的只有小說，我信筆寫到了無聊、
絕望與時光之潺潺，我信手關上了
『遺忘』號列車的車窗。我對月臺上

演著啞劇的差理、阿高、沙爹和尚小木說：

『做個鬼臉然後走下臺去吧！

隱喻應該停止，這個年頭，沒有詩。』」

可是接下來的二十年，我還是寫了一本又一本詩集；而幾乎是以一年一篇的緩慢進度，寫了十幾篇短篇小說，最長的一萬多字，最短的只有數百字，率性而為、興盡則止。我一直安慰自己：對於你來說，小說是詩餘，是不須與同行較勁的遊戲。

也許正因為此心，我的小說寫得比詩放鬆很多，雖然我在小說中時刻不忘自己詩人的身分、詩在這個屬於我的文字宇宙中強烈的存在感。在這種放鬆中，我漸漸重獲了結構的快感、虛構與想像的快感，這是我寫那些越來越沉重艱澀的詩時不可能有的。在編集這些小說成書的過程中，它們倒是反過來教育了我的詩：可不可以更實驗一點、更暢快與更自由一點呢？

其後，我希望詩與小說之間的界限更模糊，讓作者與讀者的靈魂、離散者和留守者的靈魂，在這些文字的迷宮裡漫遊穿梭、秉燭夜遊，不必計較賦比興起承轉合之種種桎梏，當然也不必計較去或留、國族與盛衰。

感謝王德威教授與高翊峰兄慷慨賜序，犀利洞見，讓我文心得彰，而知文學非寂寞千古事。還感謝我的小說家朋友們，尤其是馬家輝、駱以軍、董啟章、糖匪，時時鼓勵，縱容我在他們的世界走馬看花。

感謝已故的陶然先生與《香港文學》，本書早期的小說多蒙他約稿催稿而成；感謝《號外》和《字花》雜誌的勇氣，使本書後期涉及香港的大多數小說得以在香港發表；最後感謝昭翡的慧眼，讓我在台灣出版我第一本詩集的聯文再度出版小說集，如有榮焉。

國家圖書館出版品預行編目資料

末日練習 / 廖偉棠著 . -- 初版 . -- 臺北市 :
聯合文學出版社股份有限公司 , 2024.05
256 面 ; 14.8×21 公分 . --（聯合文叢 : 745）
ISBN 978-986-323-606-1（平裝）

857.6　　　113004607

聯合文叢 745

# 末日練習

作　　者／廖偉棠
發 行 人／張寶琴
總 編 輯／周昭翡
主　　編／蕭仁豪
編　　輯／林劭璜　王譽潤
資深美編／戴榮芝
業務部總經理／李文吉
發行助理／林昇儒
財 務 部／趙玉瑩　韋秀英
人事行政組／李懷瑩
版權管理／蕭仁豪
法律顧問／理律法律事務所
　陳長文律師、蔣大中律師
出 版 者／聯合文學出版社股份有限公司
地　　址／(110)臺北市基隆路一段 178 號 10 樓
電　　話／(02)27666759 轉 5107
傳　　真／(02)27567914
郵撥帳號／ 17623526 聯合文學出版社股份有限公司
登 記 證／行政院新聞局局版臺業字第 6109 號
網　　址／http://unitas.udngroup.com.tw
　E-mail:unitas@udngroup.com.tw
印 刷 廠／約書亞創藝有限公司
總 經 銷／聯合發行股份有限公司
地　　址／(231)新北市新店區寶橋路235巷6弄6號2樓
電　　話／(02)29178022



出版日期／ 2024 年 5 月　初版
定　　價／ 380 元



國藝會 NCAF 本書獲財團法人國家文化藝術基金會出版補助

ISBN 978-986-323-606-1（平裝）　（本書如有缺頁、破損、裝幀錯誤、請寄回調換）